풍선을 불어봐

풍선을 불어봐

조화진 소설집

bookin

Contents

풍선을 불어봐

북극곰은 두 살 때 어미 곁을 떠나 홀로 평생을 지낸다고 한다. 나는 북극곰이 보고 싶었다.

*

j는 북구의 여인이 다 되어 있었다. 머리카락은 연갈색으로 물들고 눈매는 깊어졌으며 검게 칠한 눈썹 화장 때문에 마스크가 진해 보였다. 더 야위어서 그런지 평소 의식 못했던 광대뼈도 나와 보이는 것이 영락없는 그곳 인종이었다. 그곳에 살면 그곳 사람과 닮아간다더니 맞는 말이었다. 난 때때로 느꼈다. 외국에 오래 사는 사람들을 보면 어느 나라든 현지인과 묘하게 비슷해져 있던 걸. j도 그런 흐름을 따라간 듯 보였다. j야, 너 여기 북구사람과 비슷해졌어, 하자, 응, 언니 보통은 살다보면 그리된다고 하더라구, 동의했다. 단순히 처음에는 닮아 보인다고 느꼈는데 가만 보니 화장법과 스타일이 유럽 필이 났다. 섞인 것 같은 외

모에 엘레강스했다. 낯선 사람과 환경에 적응하려면 그 나라 식으로 치장해야 하는 것은 본능일 것이다. 나는 j를 보며 살짝 불편한 이질감과 어떤 선망이 동시에 들었다.

'시차 개념'이라는 게 여간 피곤한 게 아니었다. 손목시계를 보면서 매사 한국 시간이 계산되었다. 그럴 필요까진 없는데 자꾸 그렇게 되었다. 새로 생긴 버릇이었다. 아침 아홉 시면 한국은 오후 네 시겠다, 하고, 밤 여덟 시면 새벽 세 시니 한밤중이고 날짜는 하루 더 가 있을 거고……. 이런 식이었다. 나는 두 나라 시간을 저울질하며 피곤하게 살게 되었다. 북유럽에 체류하는 이상 귀국하는 날까지 하나마나한 이런 짓이 계속될 게 분명했다. 지구 반대편에 있는 나는 순간순간 어찔어찔했다.

*

눈을 떴는데 초점이 안 맞았다. 천장의 불이 동공에 들어오자 불빛이 흔들렸다. 나는 이내 눈을 감아버렸다. 눈을 떠보세요, 보여요? 이미강 씨……. 서서히 온정신이 돌아오고 있다, 고 생각하며 다시 눈을 떴다. 두 명의 간호사 얼굴이 흔들리며 겹쳐보였다. 병실로 갈 겁니다. 간호사의 말소리가 들리고 침대가 덜컹거리며 굴러갔다. 아, 나는 허전했다. 그리고 지독히 외로웠다. 외롭다는 감정이 지금까지와는 다른, 단순히 혼자 있는 쓸쓸함이 아닌 내장을 후비는 고통 같은 이런 감정이구나, 간병인의 배웅을 받으면서 수술실에 들어갈 때는 수술에 대한 두려움 때문에 느끼지 못했다. 간호사의 얼굴이 아닌 가족의 얼굴이 이 순간 내 눈앞에 있다면……. 이래서 가족을 만드는구나, 나는 잠깐 억울한 마음을 추스르듯, 굳게 맹세라도 하듯 눈을 더욱 꾹 감았다.

병실 침대에 옮겨 눕혀지고 감고 있던 눈을 크게 떴다. 흰 천장의 지렁이 무늬가 세밀하게 보였다. 죽지 않고 살아나긴 했구나. 곱슬거리는 단발 커트의 간병인 얼굴이 커다랗게 내려다보고 있다.

"욕봤네. 조금 있으면 많이 아플 것인데……. 한 시간 동안은 물도 먹으면 안 되고 저녁에사 죽이 나올 거래요."

"네…… 근데 입이 말라요. 물 좀 주세요."

"물 먹으면 안 된다니까……. 물티슈를 입술에 대줄게요."

물티슈를 입술에 적시고 있는데도 입안이 몹시 말랐다. 침 한 방울 없는 건조한 입안은 쩍쩍 갈라져 버석거린다. 내 오른쪽 팔은 붕대가 친친 감겨 있고 보조기가 채워져 있다. 붕대 끝에 손가락 끝만 간신히 나와 있다.

긴긴 시간이 지났다고 생각하고 눈을 떠보면 겨우 이십 분이 흘러 있었다. 입안에 침이 돌기 시작하고 나는 자주 팔을 쳐다본다. 링거가 꽂힌 왼손으로 오른손가락을 만져보지만 손가락은 나무막대기처럼 감각 없이 뻣뻣할 뿐이다.

"마취가 풀리려면 한참 더 지나야 돼……. 소변 보고 싶으면 불러요."

전문 간병인 아주머니는 내 행동을 보고 간섭한다. 나는 아무 할 일 없는 사람처럼 누워 수술실에 들어간 시점부터 되짚어본다. 수술실에 들어가자 선풍기를 약하게 켜놓은 듯 바람이 불어오고 공기는 서늘했다. 서늘하지만 실내는 무중력 같은 이상한 온도의 공기가 감지되었다. 공기가 지루하게 느껴졌다. 춥다고도 할 수 없는 특별한 공기가 꼭 이승이 아닌 듯했다. 나중에 안 일이지만 수술실 온도는 일 년 내내 똑같이 유지된다고 한다. 넓고 푸른 수술방 천장에 티비에서 봤던 반사경 같은 대형 강조 조명이 있고, 의사가 목에 바늘을 찌르며 손끝이 저릿저릿해 오나요? 물었다. 나는 네, 대답했다. 곧 어떤 물건이 내 입을 덮어씌우고 나는 정신이 혼미해져 갔다.

수술이 끝난 지 열 시간이 넘자 손가락과 팔의 감각이 돌아왔다. 그런데 지독히 아프다. 팔이 떨어져나갈 듯한 참기 힘든 독한 통증이 시작된다. 달고 있는 무통은 꼭 가짜 같다는 생각이 든다. 통증도 자리를 잡는 건 아닐까, 근거 없고 불확실한 생각이 스쳤다. 앓는 소리를 들은 간병인이 진통제 맞혀 달라 할까요, 했다. 나는 고개를 끄덕였다. 간호사가 와서 엉덩이에 진통제를 놔도 강도만 낮을 뿐 통증은 똑같다. 나도 모르게 눈물이 났다. 나는 간병인이 들을까봐 벽을 보고 새우처럼 오그리고 누워 훌쩍거리며 울기 시작했다. 나는 꾹꾹 참아가며 속으로 마구마구 울었다. 내가 어린애처럼 느껴졌다. 어른이 된 후에 처음으로 울어보는 울음인 것 같았다. 간병인은 깊이 잠들었는지 기척이 없다. 아픈 가운데도 울고 나니 어떤 서러움이 한결 가신 듯 개운함을 넘어 상쾌함마저 드는 건 요상한 일이었다. 울다가 잠이 살짝 들었다가 깨다 하며 악몽 같은 기나긴 밤을 넘겼다.

통증은 아침에도 몸의 일부인 것처럼 쑤시고 아려왔다. 유리조각이 어깨에 얹힌 듯 서걱댔다. 병실 바닥의 낮은 간이침대에서 자고 일어난 간병인이 침대를 밀어넣고 내 이불을 정리하는 등의 갖은 수발을 들어주었다.

"밤새 끙끙 앓는 소리를 내쌓던데……. 지금은 좀 어때요?"

"저 때문에 잘 못 주무셨죠. 자고 나니 한결 덜하네요."

"새벽에는 한잠 드는 것 같던데……. 어지간히 앓았으니 오늘은 한결 수월할 거예요. 어깨 그거 몹시 아파요."

어깨 아파 입원한 사람들 얘기를 사례로 들어가며 한참 수다를 늘어놓았다. 간병인은 성실하고 책임감 강한 비서처럼 대기하고 있다가 화장실에 데려가고 밥을 받아주고 눈치껏 완벽하게 시중을 들어주었다.

늦은 오후 양복 입은 남자가 병실로 들어왔다. 강이었다. 양복 입은 강을 병실에서 보니 생경했다. 병실 출입은 아무런 제재도 받지 않는 게 일반적인 듯했다. 입원 기간은 열흘 정도라 했다. 기나긴 병원생활을 견디자면 티비와 친해져야 할 것 같았다. 무방비 상태로 누워 있던 나는 지껄이는 티비만 쳐다보고 있던 참이었으므로 불시에 강이 들어오자 놀라 들고 있던 리모컨을 떨어뜨릴 뻔했다.

"아, 일어나지 마요."

수술날 아침 일찍 머리를 감고 샤워를 했고, 이틀이 지나자 머리카락은 떡지고 피로와 짜증이 뒤섞인 몹시 가련한 존재가 되고만 영과 육이었다. 환자복 입은 내 모습이 초췌할 거였다. 예고없이 병실로 쳐들어오는 무례함에 나는 심한 거부감이 일었다. 나는 무례한 침입자를 향해 눈을 크게 떴다. 눈을 크게 뜨고 놀라는 것 외엔 별다르게 표현할 방법이 없었다. 강이 들어오더니 말했다.

"아니, 어쩌다 이래 된 겁니까, 그래."

"어머……. 웬일?"

밖으로는 태연한 척했으나 속으로 깊이 놀랐다. j를 만나러 가서 간혹 부딪히면 눈을 찡긋하거나 휙 지나치며 내 옷깃을 슬쩍 잡았다 놓는 장난기 때문에 거북한 티를 내곤 했던 게 미안해지려고 하는 순간이다. 거부와 이해의 두 문장이 엇박자로 지나갔다. 강은 j와 입사 동기고 이성인데도 동기 중에서 j와 가장 가까운 절친이었다. j와 함께 두 번 식사를 했던 게 다였다. 나는 연락 없이 온 방문자에 대한 불쾌감으로 얼굴 근육이 떨렸다. 속마음을 들키지 않게 침착하게 대처했다. 어쨌든 예의는 지켜야 했다.

"아니, 어떻게 알고 아무도 모르는데……."

강은 내 물음에 엉뚱한 말을 한다.

"어디를 얼마나 다친 거요? 다리가 아니고 팔이에요? 크게 다쳤나 보네."

"……."

"다 아는 수가 있다고요. 휴대폰도 안 되고……. 사무실로 전화를 해서 알았지요. 하필 오른팔이네. 얼마나 다친 거요?"

"근무 중일 텐데……."

"일찍 마칠 때도 있는 겁니다."

거슬리지 않고 호의적인 태도가 상대방을 편하게 만드는 게 강의 매력이야, 하던 j의 말이 떠올랐다. 평소 오지랖 넓은 사람을 적잖이 싫어한 나였다. 위문은 고마운데 오늘 역시 오지랖이 있다는 걸 확인하고 나니 나는 더 아니다, 라는 쪽으로 마음이 굳어져간다.

나는 강에게 다친 경위를 설명해주었다.

*

j는 방 두 칸에 작은 거실과 부엌이 있는 아파트에 살고 있었다. 공항에서 한 시간 거리의 조금 외진 동네였다. 흰색과 블루색이 반반인 실내는 너무 심플해서 심심할 정도였다. 최소한의 가구에 벽에는 모네의 그림이 딱 한 점 걸려 있을 뿐 다 여백이었다. 결혼 사진도 앨범에 있는 게 다였다.

쇼몬은 핀란드 국적기 항공사의 정비공으로 격일제로 근무했다. 하루를 완벽하게 쉬고 다음날은 아침도 먹지 않고 새벽에 출근해 밤 늦게 돌아오는 패턴이었다. 주말에는 격주로 이틀을 내리 쉬었다. 헬싱키에 도착한 날은 쇼몬이 쉬는 날이었다. 다음날 아침에 일어나자 쇼몬은 출근하고 없고 j와 둘만 집에 있게 되었다. 오랜만의 휴가인 듯 마음이 편했다. j는 임신 5개월째인데 느릿느릿 움직였다. 내가 아침 먹은 설거지를 끝내고 돌아서자,

"언니가 그러고 있으니까 꼭 친정엄마 같다. 언니, 좀 쉬어, 우리 티타임 갖자. 내가 이런 날을 얼마나 기다렸다구. 아, 이런 날이 오긴 오

네. 차는 내가 끓일게.”

아련한 듯한 표정을 지으면서도 j는 쉬지 않고 속사포처럼 말을 쏟아냈다. 거실 오픈장에 따로 보관한 유리찻잔을 가져오면서는, “약간 쌀랑하긴 하지만 날씨는 이만하면 좋고, 언니 왔다고 비도 안 오네, 그 동안 계속 비 왔어. 이따 시내에 나가보자” 한다.

“괜찮겠어? 임산부가 무리하면 안 되지” 했더니, “언니는 참, 만삭에 할 걱정을 지금 하고 계셔” 한다. 그래서 j와 나는 이른 점심 먹고 발트해가 보이는 흰 성당에 가기로 했다. 내일은 혼자 스톡홀름으로 가기로 돼 있어서 오늘은 헬싱키 시내는 다 가보자고 했다. 시내라야 그리 넓지 않아서 이틀 정도면 충분하다 했다. 대통령궁 앞 해변에 프리마켓도 서고 길 카페가 있는데 대통령도 주말에 와서 커피를 마시곤 해, 길 카페 이름이 ‘프레지던트 카페’라 한다 했다.

“여기 사람들은 편식을 안 해.”

편견이 없다는 말 뜻 같다.

“다들 격식 없고 얼마나 수수한지 모르지? 외부인한테 무조건한 적개심도 없어. 무뚝뚝하긴 하지만 대체로 친절하고 패션도 다양해. 요기 여자들은 빈티지룩을 좋아하더라구. 한 번은 이따 우리가 갈 대통령궁 앞의 노천 카페가 있는 바닷가에 놀러가서 한 여자를 봤는데 아주 멋져. 벨트 매는 베이지색 사파리를 입고 진한 갈색 면바지 안에 랜드로바식 목 짧은 부츠를 신었는데 진짜 멋지더라구. 깃 딱 세우고 자신감 백프로에 머리는 곱슬하게 길었는데 말야. 늘씬한 체형도 아니던데, 다들 개성 넘쳐. 옷도 스스로 지어서 입는 사람들 되게 많아. 여자들 바느질 솜씨가 프로급이야. 어려서부터 엄마에게 배운대나봐. 주부들은 딸과 커플룩으로 원피스 만들어서 많이들 입고 다녀. 마치 유행처럼."

j가 쏟아내는 말을 의무처럼 들어야 할 것 같아서 나는 j의 얼굴에서 눈을 떼지 않는다.

"왠지 여기 사람들은 깍쟁이 같아. 똑 떨어지고 남한테 실수 안 하고."

"그런 면이 없지 않아. 여기 여자들 은근 동양적이야. 여자들은 어려서부터 어머니한테 살림을 배운다네. 울나라 옛날 신부 수업하듯?"

어떤 질문에도 대꾸를 곧잘 하고 상대의 반응 하나도 놓치지 않는 j는 분명 리액션의 귀재라고 할 만했다. 우리는 식탁에 얼굴을 대고 마주 앉아 연인처럼 키득거리며 한가롭게 떠들어댔다. 이런 시간이 아득한 옛일이듯 감미롭고 달달하다.

"j야. 차 향이 좋다."

"부탄에 여행 다녀온 시아버님 친구가 선물로 가져온 다즐링 홍차야, 이거 아주 귀한 거야, 언니."

향이 은은하니 금방 좋아질 것같이 입 안에 감긴다.

"인도 북부의 다즐링은 온통 차밭뿐인 지역 이름인데 이 차 때문에 고유명사가 되어버렸대."

나도 알고 있는 말이지만 가만 듣고만 있다. j는 더 우린 홍차를 유리잔에 따랐다. 차 색깔이 너무 고와 바라보기도 아까웠다.

"언니. 다즐링이 티벳어로 '신이 사는 곳'이라 한다네."

"그래 그런지 차 맛이 순수하다야."

그렇지, 언니? 하더니 j는 찻잔을 들고 그윽하게 나를 바라본다. 잠깐의 시선이 남달라서 내가 왜? 하는 눈빛을 보내자 입을 뗀다.

"언니, 그렇게 되고 한 번도 연애질 안 했지? 5년 넘었네."

j는 통화할 때마다 빼놓지 않고 그걸 물고 늘어지긴 했었다.

얜 왜 이리 그것만 물고 늘어지냐? j, 너 나한테 뭐 열등감 있어? 흠집 캐내면서 은근 즐기는 거 아니셈? 언니, 내가 사이코야? 쓸데없이 나이만 먹어가지고……. 뭐라고 쓸데없이? 내 참 j야. 난 혼자가 좋아. 방해받기 싫은 삶의 패턴은 변하지 않아. 내 영원한 모토라구. 목에 잔뜩 힘을 주며 받아쳤던 과거의 말이 생각나서 속으로 웃었다.

"삶이 쓸쓸하지 않아?"

톤이 높더니 j는 금세 진지 모드로 바뀌며 심각하게 말한다. 이젠 앞에 언니 짜도 없다. j가 이런 진지한 질문을 한 지 언제였더라. 오늘따라 되게 분위기잡네. 나 모르는 뭔 일 있나. 나는 심상하게 j를 쳐다본다.

"언니. 한국 가면 더 쓸쓸할 거 아냐. 언니나 나나 친정이 있어, 뭐가 있어. 남친이 최고라구. 다시 결혼도 하고 그래야지."

"j야, 쇼몬과 아주 행복해 보이는구나. 2세만 태어나면 완벽한 그림이 되겠어."

나는 j의 배를 바라보며 말했다. 회색 레깅스에 헐렁한 흰 티를 입고 있는 j는 아직 임신한 티가 안 난다.

"언니, 행복해지는 것도, 결혼도, 본인의 노력이 따라야 돼. 쇼몬과 결혼하고 많은 것을 알게 됐어. 아니 깨닫게 됐지. 지금도 쇼몬과 안 맞아서 부딪히는 거 되게 많아. 어떻겠어? 서로 선택한 이상 맞춰가야지. 그리고 우린 맞추려고 대화를 해나가는 과정에서 더 돈독해지는 결속감이 생기더라. 이 세상에 노력 없이 되는 거 있나? 언니, 사랑도 노력이 필요한 거라는 걸 말해주고 싶은 거야, 알지? 그런 의미에서 얘긴데……. 강 말야. 강이 언니한테 특별한 감정인 건 알잖아?"

나는 j를 향해 눈을 살짝 흘겼다.

"그만해, 강에 대해서라면 흥미 없는 거 너도 잘 알면서."

"언니는 참……. 강에 대해 힌트 하나 줄까. 강, 두 개 국어 완벽한 거 모르지? 영어와 스페인어."

"그 말 벌써 두 번째다?"

"그랬나? 그만큼 노력하는 스타일이라는 거지. 또 있어 언니……."

j는 이제 대놓고 뻔뻔해지기로 작정한 모양이었다.

"j야, 제발 그만 좀 하고 다른 얘기로 넘어가자."

"언니 제발……. 한국 가서 강을 다시 봐봐. 겪어보면 속아지가 괜찮다니까. 뭐든 대강 보는 버릇 좀 고치고 찬찬히 봐 버릇해. 어휴."

"j. 나 정말 어린 남자 싫어. 그것도 다섯 살이나. 내 취향은 무조건 연상이거든."

나는 말끝을 쭉 빼올리며 정말 아니라는 듯 고개를 좌우로 흔든다. 화를 내기도 뭣해 불쑥 말을 돌린다.

"j야, 비약 좀 그만하고 내 말 좀 들어봐……. 지금도 크게 달라지지 않지만 혼자 크던 버릇이 들어서 그런가. 혼자라는 것이 좋아. 날씨도 탁구공처럼 탁탁 튀어오르는 맑은 날을 좋아했는데, 지금의 나는 바람

불고 흐리고 금방이라도 비가 내릴 것 같은 불안이 깔린 날씨가 좋아졌어. j야. 그럴 때는 막 나가고 싶거나 어딘가로 끝없이 차로 달리거나 하는 정신상태의 혼돈과 서성거림의 감정을 느끼는 게 좋다. 변화라면 변화지."

"그거 언니가 나이 먹어서 그래. 취향도 나이를 먹는다니까."

j는 내 말을 깊이 새겨듣지도 않고 단칼에 짜른다.

"알고 보면 언니도 나이만 먹었지. 소녀 취향이야."

j는 계속 날씨도 취향도 나이와 상관관계가 있다고 우겨댄다. 날씨 취향은 정서이지 나이와 뭔 상관? 하고 말았지만 그런가? 내심 켕기기는 했다. 강에 대해서 서로 더 이상의 언급은 안 했다. 우리는 한참을 더 기억하지도 못할 많은 말들을 하고 나서야 티타임을 마쳤다.

j와 나는 멸치국물을 우려서 양념장만을 간단히 얹은 물국수를 해먹고 시내로 나갈 채비를 했다.

*

핀란드에 다녀오고, 근 한 달이 되어서야 나는 j에게 편지를 썼다. 여행의 뒤끝을 호되게 앓은 후였다. 달콤한 여행을 누린 보답은 기어이 돌아왔다. 여독도 여독이지만 밀린 회사일도 만만치 않아서 겹치는 야근에 출퇴근도 비몽사몽이었다. 어지간히 정리가 된 후에는 감기몸살까지 앓았다. 일상의 내 자리로 돌아와 차분하게 정리가 된 다음에야 나는 j에게 긴긴 편지를 쓸 수 있었다. 외근을 나간 김에 우체국에 들렀다. 편지를 부치고 후문으로 향했다. 후문은 주차장으로 연결되어 있었다. 계단으로 가지 않고 장애인을 위해 만든 둥근 커브 길로 내려간 게 잘못이었다. 커브 길은 살짝 경사가 져 있었다. 누군가 물이나 음료수 따위를 흘린 모양이었다. 십 센티 웨지힐을 신은 내 발이 대책 없이 미끄러진 건 찰나였다. 난 철제 난간을 있는 힘껏 붙잡았다. 난간에 매달린 악력 센 내 손은 잠시 후 난간에서 떨어졌고 난 속수무책 곤두박질쳐 처박혔다. 몸이 뒤집히지 않은 게 다행이었다. 웨지힐이 물기에 미끄럽다는 것은 나중에 알았다. 이 세상에는 당하고 나서야 알게 되는 것들이 너무 많았다. 다리는 문어처럼 흐느적거리고 난간을 붙잡은 내 손은 중력으로 늘어진 듯했다. 얼마나 콱 필사적으로 난간을 붙잡았던지 팔이 잘려나간 것 같았다. 내가 주저앉았을 때는 손목에 피가 나고 허리 아래 통증이 급심했다. 부어오른 다리는 우려보다 별것 아니었다. 하루를 대책 없이 견디다 택시를 타고 병원에 갔다. 문제는 팔의 회전근개였다. 힘줄이 완전 파열되었다 했다. 엠알아이를 찍고 입원했다. 다음날 수술에 들어갔다. 그게 사흘 전이었다.

설명 같은 긴 얘기를 강은 묵묵히 듣고 있었다. 얼굴을 보니 비감하다는 표현이 적절할 정도로 표정이 굳어 있다. 나는 속으로 약간 놀라서 내 부주의는 웨지힐의 결함이 문제였어, 라고 말하려다 그만두었다. 대신 부끄러운 듯 낯을 가리고 웃었다. 장황한 설명도 싫지만 강의 비감한 표정을 보니 변명조차 들어가버렸다.

강답지 않게 별 말이 없었다. 강은 인사할 때 안녕하세요, 하고 손을 힘차게 흔드는 버릇이 있었다. 그의 인사 방식이 과장되고 낯설었지만 싫은 건 아니었다. 강은 볼 때마다 얼굴 가득 환한 웃음을 지었다. 나조차도 환해지는 기분이었지만 별 느낌은 없었다. 환한 웃음은 강의 특징 중 하나였다. 강에게는 없는 게 하나 있는데 그것은 내가 남자에게서 기대하는 수줍음이었다. 그건 내겐 아주 중요한 거였다. 나는 매사에 말이 많고 수줍음이 없는 남자는 싫었다. 지금 보니 강을 좋아하지 않는 이유는 수줍음이 없기 때문이었다. 침묵이 길어지니 생각지도 않은 말이 나와버렸다.

"강, 나 피곤해요."

나는 쉬고 싶다는 말을 아무렇지도 않게 해버렸다. 문병 온 손님에게 할 말은 아니었다. 강도 어색한지 무춤해졌다. 그럼 쉬세요. 하고 돌아갔다.

*

다음날은 밤배를 타고 혼자 스톡홀름으로 떠났다.

j가, 같이 갈 걸 그랬나. 지금이라도 준비할까, 했으나 나는 말렸다. j도 형식적인 물음인 듯 다녀오라고 말해주었다.

"누가 작업 걸면 까칠하게 굴지 말고 잘해봐. 쓸데없이 나이만 먹어가지고……."

하며 j는 내 등짝을 쳤다.

"말이 통해야 받아주던가 말든가 하지."

나도 j의 등짝을 쳤다. 우리는 유쾌하게 웃었다.

혼자만의 특별한 시간을 갖고자 함은 한국에서 떠날 때부터 품고 간 계획이었다. 나는 스톡홀름이 아니어도 좋았지만 어쨌든 지도를 보고 헬싱키에서 가기 쉬운 스톡홀름으로 정했다. 여행자나 현지인이나 발트해 건너 다른 나라를 가기 위해서는 다 밤배를 이용했다. 밤새 배를 타고 내리니 아침이었다. 스톡홀름은 여러 개의 섬으로 이루어진 도시로 다리로 연결되어 있었다. 저녁에 다시 오게 될 노르말름 지역의 헬스텐호텔부터 찾아가서 짐을 맡기고 나니 간편했다. 시내든 어디든 사람들이 북적댔다. 어디를 가나 발트해는 보이고 바다는 호수같이 잔잔하고 평온하고 맑았다. 막연하게 북유럽은 음침하고 춥고 삭막할 줄 알았는데 기우였다.

북유럽의 태양빛은 어느 먼 곳을 휘돌지 않고 머리 위에서 막바로 광선을 보내고 있었다. 햇빛은 여과 없이 투명하고 유난했다. 쌀쌀한 공기 속에 태양빛만은 도드라지게 원색적으로 강렬했다. 맨눈으로 고개를 들어 태양을 쳐다본다면 눈이 멀어버릴 것 같았다. 햇빛 때문에 모두 다 선글라스를 쓰고 다녔다. 오월 중순이라 아직 쌀쌀한데도 성급히 반팔티를 입거나 탑만 입은 여자들이 거리에 가득했다. 모두 다 집안을 팽개치고 밖으로 몰려나온 듯했다. 여기 사람들은 겨울만 지나면 다들 기를 쓰고 나와. 햇빛을 보면 다들 미친 사람들 같다니깐. 겨울에 틀어박힌 억울함을 그렇게 푸나봐. j는 그렇게 말했었다.

난 스톡홀름 시내를 방랑자처럼 기웃기웃 돌아다녔다. j가 가보라고 시킨 시청사나 바사박물관이나 국립미술관에 가는 대신 골목을 돌아다녔다. 지치면 아무 데나 계단에 앉아 쉬다 다시 걸었다. 가는 곳마다 배낭 맨 여행자들이 눈에 띄었다.

헬스턴호텔은 j가 예약해준 호텔이었다. 도착하니 7시였다. 밖은 아직 환했다. 시청사나 중앙역 또는 시가지 메인 거리를 걸어가기에 무리가 없는 위치에 있었다. j는 마침 방이 있네, 우리도 지난 여름에 한 번 가봐서 거기밖에 몰라, 여기선 예약은 필수지, 불현듯 떠나고 싶을 때도 있는데 그럴 때는 정말 불편해, 예약 문화는 나랑 안 맞아, 했었다. 계획보다 약간 비쌌지만 나는 만족했다. 체크인을 하고 맡겨둔 가방을 찾아 룸에 올라왔다.

나는 방 안을 둘러보았다. 별다를 게 없는 방이었다. 이중의 크림색 커튼과 더블침대의 정갈한 흰 침대보와 두 개의 흰 베개는 완벽하게 각이 잡혀 있었다. 헤드보드 위의 스탠드와 암갈색의 원목 화장대와 스툴, 둥근 테이블 양쪽으로 팔걸이가 있는 두 개의 꽃무늬 안락의자와 구석의 텔레비전……. 나는 방 안의 스탠드를 하나하나 켜나갔다. 모두 여섯 개였다. 모든 불을 켜자 호텔에 든 기분이 작은 감동으로 다가왔다. 아늑하고 조용한 방이었다. 나는 디지털카메라와 휴대폰충전기를 콘센트에 꽂았다. 거의 일생을 혼자 지냈지만 혼자서 새로운 밤을 맞게 되자 나로 되돌아온 듯 가슴 깊은 평화와 떨림이 일었다. 원초적인 행복감이었다. 나는 이제 나를 위해 울지 않는다. 나를 위해 울던 시기는 지나갔다.

나는 j에게 전화를 걸어 오늘 갔던 곳과 햄버거만 두 끼를 먹은 것과 느낌들을 두서없이 전했다. 대화 끝에 j가 헬싱키 외곽에 사는 시부모님께서 방문하실 거라면서 언니 얘길 했더니 언니를 보고 싶어하셔, 했다. 나도 꼭 두 분을 뵙고 싶다고 말해주었다. 나는 일기를 쓰기 위해 둥근 테이블에 딸린 안락의자에 앉았다. 노트를 펼치는데 속절없이 누구에게인가 한 사람 정도 더 전화를 걸어 무슨 얘기든 나누고 싶어졌다. 대상도 없는 간절한 그리움이었다. 나는 휴대폰의 전화부 목록을 차례로 검색해 나갔다. 지금 이 시간 전화를 걸어 근황을 말하고 뭔가의 대화를 할 수 있는 사람은 하나도 없었다. 나는 스마트폰을 대기화면으로 터치했다.

샤워를 하고 침대에 눕자 감기약을 먹고 난 후처럼 노곤한 피로감이 몰려왔다. 피로감 속에 가벼운 슬픔 같은 액체가 섞여 있는 것도 같았다. 분명 슬픔 비슷한 비릿한 감정이었다. 나는 잠들려고 노력했다. 노력하니까 더 안 들었다. 호텔에 들어오기 전에 와인이나 캔맥주를 사오지 않은 것이 후회되었다. 나의 빈 집이 떠올랐다. 나의 세간들도 그려졌다. 침대는 잘 있을까. 책들과 행거와 옷은……. 내용물이 거의 빈 냉장고는 잘 돌아가고 있을까. 플러그를 빼고 올 걸 잘못했나. 사소한 것에 오버랩 되어 어릴 적 기억이 차례대로 났다. 네 살 이후, 할머니 집으로 옮겨 단 둘이 살다 할머니가 돌아가시자 고모네로 갔다가 더 커서는 외삼촌네로 옮겨가 살던 때……. 사촌들과 서로 경쟁하듯 학용품과 옷과 먹을 것을 탐하던 어린 나의 모습이. 나는 꽤 오래도록 뒤척거렸다. 뒤척이다 잠드는 잠버릇은 여기라고 그냥 놔두지 않는 건가. 삶이 쓸쓸하지 않아? 쓸데없이 나이만 먹어가지고. j가 말하던 그 문장이 난데없이 도드라지게 부풀었다가 사라졌다.

아침나절에는 시청사 앞의 돌계단에 앉아서 바다를 바라보았다. 산책을 하는 시민들이 늘어나고 관광객도 몰려들었다. 나는 걸어서 나르바바겐 해안으로 옮겨갔다. 위엄이 느껴지고 약간 울적하고 귀태가 나는 벽돌색 건물들은 바다를 향해 일렬로 늘어서 있었다. 세어보니 적어도 오층 이상 된 건물들이었다. 한 사람의 건축가가 지은 듯한 특징과 정서가 느껴졌다. 유럽의 오래된 건물을 바라보는 느낌은 신선했다. 길을 건너 계단을 내려가니 백사장 같은 넓은 길이 나오고 요트들이 정박해 있었다. 나는 요트들을 따라 걷다가 다시 올라갔다. 몇 개의 카페를 지나치고 맨 끝의 카페까지 갔다가 되돌아와서는 df라는 곳으로 들어갔다. 어느 집에선지 양파 볶는 냄새가 났다.

나는 내 오랜 꿈을 실현시키듯 카페에 앉아 시간을 보냈다.

카페를 나오자 잔뜩 흐린 대기에 두두두둑 굵은 소금 같은 우박이 떨어졌다. 맞으면 아플 것같이 우박 알이 굵었다. 다시 카페에 들어가 기다리니 우박이 멎고 이내 굵은 비가 퍼붓다가 금세 개였다. 바로 햇빛이 났다. 그래봤자 이십 분 안팎이었다. 북유럽 특유의 변덕스런 날씨를 잠깐 동안에 다 경험한 듯했다. 오후에는 국립미술관에 가볼 참이었다.

*

저녁을 먹고 나서 샤워실에 가 간병인이 머리를 감겨주었다. 미용실의 머리 감는 의자였다. 새 환자복으로 갈아입고 병실로 오니 강이 와 있었다. 강은 물 빠진 검정 청바지에 딱 붙는 진회색 폴로티를 입고 있었다. 세운 칼라 뒤로 로고인 영문 이니셜이 또렷했다. 평소의 양복을 벗으니 다른 사람 같았다. 바로 보기가 좀 그랬다. 퇴근하고서 온 모양이라고 짐작했다. 강이 간병인을 불렀다. 24시간 하던 간병인이 오늘부터는 밤에 퇴근하고 아침에 다시 오기로 돼 있다. 간병인이 퇴근할 시간은 두 시간 가량 남아 있었다.

"아주머니는 들어가세요. 지금부터는 내가 간병을 하기로 하죠."

간병인이 가고 나는 어색함과 불쾌감과 불편함을 모두 묶은 듯한 표정으로 뚱하니 앉아 있었다.

"자, 여기를 봐주세요."

강이 티슈 한 장을 뽑아들고 손을 펼쳤다. 티슈가 꽃인 듯 펄럭이며 펼쳐졌다. 번개처럼 손가락을 움직였다. 여러 장의 꽃잎이 나폴거리며 바닥으로 떨어졌다. 겹겹이 레이스처럼 포개진 흰 겹벚꽃이었다. 왠지 보이콧하고 싶어졌다. 그러나 강은 완벽하게 할 일을 치러냈다는 듯 어깨를 으쓱했다.

다음날은 도시락을 가져왔다. 사왔든 만들어왔든 알려는 질문도 하지 않았다.

"병원 밥, 딱 이틀은 먹을 만하죠."

사실이었다. 안 그래도 물린 밥이 혀가 깔깔해 시래기 말려놓은 것을 씹은 듯했다. 슴슴한 반찬을 담은 뚜껑 덮인 흰 플라스틱 종지의 찬그

룻도 미웠다. 반 공기도 안 먹고 식판을 물렸다. 한 끼는 입도 안 댔다. 아무 식욕이 없었다. 배고픔도 못 느끼니 이상한 세계에 사는 듯 했다.

강이 침대에 딸린 식탁을 들어올리더니 도시락을 펼쳤다. 보온통의 도시락을 열자 금방 지은 듯한 밥냄새가 났다. 반찬통에서 밑반찬이 나왔다. 밥을 보니 얼른 먹고 싶어졌다. 짭조름한 반찬이 혀에 감겼다. 오랜만에 먹는 집밥이었다. 입맛이 돌아오니 살 것 같았다. 다시 에너지가 생길 듯했다. 강이 딱 한마디 했다. 보기보다 양이 많이 크시네요.

통증은 저 먼 곳에서부터 와 내 어깨에 머무른 듯하더니, 의식하거나 못하거나 하면서 차츰 물러갔다. 한 번씩 격렬하게 아프기도 했다. 퉁퉁 부은 손마디도 어느새 홀쭉해져 있었다. 진통제 없이도 곧잘 잠이 들게 되자 시도 때도 없이 잠이 쏟아졌다. 낮에도 누우면 잠이 왔다.

밤이면 몇 번씩 깨곤 하던 것도 차츰 없어지니 간병인이 필요 없었다. 간병인 없이도 식사나 화장실 사용을 혼자 할 수 있게 되자 간병인을 내보냈다. 간병인은 원래의 자기 자리인 병실 복도에 가서 다른 환자를 맞았다. 정형외과 전문병원이라 항상 상주하는 간병인들이 있어서 필요할 때 부르기는 쉬웠다. 단순하고 지루한 병원생활이지만 나름 스케줄이 있어서 하루 동선도 짜여졌다. 여기도 한 사회라고 생각하고 적응하면 견딜 만은 한 것 같았다. 간호사는 수시로 들락거린다. 수간호사는 들어오면서부터 하이톤으로 내 이름을 부른다.

"이미강 씨, 좀 어때요? 보조기는 빼시면 안 돼요. 약은 드셨죠? 내일부터 주무실 때는 링거를 빼드릴게요."

"저기요, 근데 어떻게 씻어요?"

난 소심한 목소리로 씻는 것만이 최대의 목표라는 듯 물어본다.

"이미강 씨, 살살 세수만 하세요."

"아니 세수 말고 샤워요."

"샤워요? 아직 멀었어요. 머리는 샤워장에 가면 누워서 머리 감는 데 있어요. 저녁에 보호자분 오면 감겨 달라 하세요."

예, 나도 거긴 알아요……. 간병인을 너무 빨리 내보냈나. 살짝 후회가 된다.

아침 먹고 나면 담당의 회진에 이어서 간호사가 와서 링거에 항생제를 주사해주고 나가면 나는 물리치료를 받으러 간다. 그래봤자 끝나고 나면 열 시밖에 안 된다. 넘치는 시간에 할 일이라곤 티비를 보거나 그것도 물리면 휴게실에서 가져온 신문이나 잡지를 본다. 글을 읽는 것도 쉽지는 않았다. 오른손은 보조기를 차고 왼손은 링거를 맞고 있으니 요리조리 요령을 부려 자세를 잡고 용을 쓰며 뭘 보다 금방 덮어버리곤 한다.

회사 동료들은 퇴근 후의 자기 시간들이 아까운지 주스니 과일이니 박스째 들고 점심시간에 떼거리로 몰려왔다. 좁은 병실 안이 꽉 차고 몸도 돌리기 어려워 서로들 부딪쳐가며 어쩌다 이랬어요. 퇴원은 언제 해요? 곧 떠날 사람처럼 상투적인 질문들만 해댄다. 내 대답은 들을 겨를도 없이 몸조리 잘해요. 일은 우리가 분담하고 있으니까 나을 걱정만 하세요. 점심시간 끝나겠네, 우르르르 말들만 쏟아놓고 순식간에 가버린다. 요새 사람들은 개인적 시간 축내는 걸 제일 싫어한다고 한다더니. 주말 결혼식도 부담스럽다 해서 금요일 저녁 결혼식이 늘어난다고 하는 말은 어디선가 들었다.

병원생활에 적응해지니 아무 것도 하기가 싫었다. 씻는 것도 귀찮고 매사가 나태의 극치 같다. 나대신 업무량이 많아졌을 회사 동료에게 미안해서 문자를 보냈다. 세상 돌아가는 게 먼 나라의 일인 듯 무관심해지는 건 우울한 일이다. 티비도 끄고 가만 누워 있다 보면 저 먼 과거로 돌아가 지난 세월이 이력서처럼 주르륵 펼쳐지곤 했다. 혼자 몸 지탱하려고 어지간히 설치며 살았다는 자조적인 생각에 이르면 자신이 한없이 가여워진다. 손거울을 들고 거울 속의 나를 들여다본다. 풀린 퍼머는 늘어지고 화장기 없는 얼굴은 바람든 무처럼 푸석하고 창백하다. 손톱을 보니 여행자처럼 손톱이 길어 있었다.

*

스톡홀름에 다녀온 밤, 북극곰을 보고 싶다고 나는 j에게 말했다.

"언니, 너무 어려운 거 시키지 마, 노르웨이에 가도 이젠 북극곰 같은 건 없어" 하고 일침을 가했다. 기가 죽은 내 표정이 안 돼 보였는지 j는 "지구 온난화 때문에 거의 멸종됐다구. 디스커버리라도 찍으려면 북극해까지 가야할 걸……" 덧붙였다.

나는 말이 쏙 들어갔다.

대신 약간 억울한 듯 입술을 내밀고 딴청을 했다.

*

“언니, 대신 우리 탈린 가자. 쇼몬이 그러는데 언니 탈린 꼭 데리고 가고 싶대.”

그래서 우리 셋은 배를 타고 발트해를 건너서 탈린에 갔다. 한국으로 치면 거의 새벽 시간 땐데 북유럽은 한낮이었다. 탈린은 배로 두 시간이 걸렸다. 탈린의 구시가지는 전체가 세계문화유산이고 정적이고 엔틱하고 유로존이 아닌데도 유로를 쓸 수 있고 어쩌고 하면서 쇼몬의 설명이 끝이 없었다. 백설공주에 나오는 호박 같고 화려하고 커다란 장난감 같은 성당에 갔다. 알렉산더 넵스키라는 성당이었다. 내부를 둘러보고 어슬렁거리다 이른 점심을 먹기 위해 성당 근처 한 식당으로 들어갔다. 식당들은 다 지하에 있었다. 점심을 먹은 후에는 성당 뒤편의 큰 길을 건너 골목으로 들어갔다.

탈린의 구시가지는 비슷비슷한 작은 상점들이 골목마다 늘어서 있고 유럽의 모든 골목이 다 그렇듯 좁고 구불구불했다. 추위가 풀리기 시작한 보름 전부터 서기 시작했다는 작은 광장의 장이 나왔다. 가판에는 손수 짠 털옷이나 면뜨개 옷들, 버선 같은 장화, 레이스 소품들이 많았다. 손뜨개 옷은 디자인이 세련되지는 않아 보인다고 하자 j는 좀 그렇지? 하며 입술을 비죽거렸다. 우리네 오일장과 똑닮았다. 아주 옛날 엄마의 엄마 시대로 돌아간 기분이 들었다. 봄인데도 겨울 물건이 위주였다. 나는 j를 위해 장미가 수놓인 흰 에이프런과 머리꼭지에 방울이 달리고 귀덮개가 있는 긴 삼각형의 털실로 짠 모자를 샀다. 연회색 바탕에 분홍과 블루로 지그재그로 스트라이프 무늬가 들어갔다. j가 써보니 사랑스러워 보였다. 쇼몬을 위해서는 벙어리장갑과 실내용 목이 긴 털실양말을 사고 뱃속의 j 아기를 위해서는 발이 들어갈까 싶은 쪼그맣고 보드라운 천 신발을 샀다. 돈을 쓰는 게 뿌듯했다. 기념품 상점에 들어가서 도자기로 만든 미니어처 집 앞에 서서 내가 만지작거리자 쇼몬이 집을 두 채나 사주었다. 우리 셋은 똑같이 신발 뒤축을 구겨 신고 덧입은 카디건을 허리에 두르고 구시가지 안에서 뱅뱅 돌아다녔다.

"거리도 심지어 가로수마저도 어쩜 이리 예술적이니? 예술이 수공에서 온 것이니 자연이 잉태된 본래의 모습을 극화시킨 것이라면, 그래 내가 오늘 본 모든 것이 예술이다."

라고 j를 시켜 쇼몬에게 전해주도록 시켰다. 제대로 쇼몬에게 전달이 되었는지 모르겠지만 쇼몬이 어깨를 으쓱했다. 성벽에 올라 시내를 내려다보니 탈린을 다 본 것 같았다. 먼발치로 발트해가 희게 빛났다.

헬싱키로 돌아와 페리호 선착장에 내리니 밤인데도 낮인 북유럽의 여름은 하루가 이틀이나 된 듯 길었다.

*

j는 e사의 홍보담당이었다.

e사가 새로운 거래처가 되고 업무 외에 j와 가끔 보게 되었다. 집이 한동네였다. 첫 술자리 후, j와 나는 퇴근 후 이따금 만나 카페에 가거

나 술집에 가거나 했다. 친해지는 건 눈 깜짝할 사이였다. 함께 술집에 간다는 건 사적인 얘기를 할 수 있다는 전제가 따르는 것이니 통했다고 할 수 있었다. 한 번은 장난삼아 과거의 상처에 대해 말하기로 했다. 술집에서라면 과거의 상처 하나쯤 말해도 크게 상관 없다는 분위기가 있잖은가. 상대는 내 편이 돼줄 거라는 이상한 믿음도 있고. 그러니 치욕의 기억일망정 발설하고픈 욕망이 있는 건 j도 나도 마찬가지였던 것 같다.

j가 먼저였다.

"한 오학년 땐가. 야외학습 시간인데 내가 무엇 때문인지 늦었어. 냇가 돌밭에 반 애들과 선생이 다 모여 있었지. 선생이 다짜고짜 내 뺨을 때렸어. 한 서너 대 연달아 맞았나. 별이 반짝이고 난 고꾸라졌지. 입안에 피가 고였어. 난 피를 뱉었어, 침 뱉는다고 또 때리더군. 아픈 것도 아픈 거지만 반 애들 앞에서의 모멸감은 최악이었지. 이유나 묻고 때렸으면 좋았잖아? 지금까지도 생생해."

내가 받았다.

"이유도 안 묻고 때렸다고? 미친 새끼네. 선생이면 다야?"

"언니 차례야. 말해봐."

"나도 오학년 땐데……. 같은 반 남자애였어. 키가 멀대같이 컸다고 기억해. 그 앤 나만을 괴롭혔어. 수없이 맞았지. 힘을 당할 재간이 없었어. 알잖아? 때리면 막무가내로 맞아야만 한다는 걸……. 나중에는 내 책상 위에 올라서서 어깨를 짓밟고는 하더라. 반 아이들 아무도 나서서 말리지 않았어. 우는 것 말고는 저항 한 번 못했지. 그땐 왜 그랬는지 몰라."

나는 정말 눈물을 찔끔 흘렸다. j가 나를 가만히 바라보고 있었다.

"기윤이라는 이름인데 영원히 안 잊혀져. 최기윤."

"그 새끼 지금은 뭐하고 살까."

"글쎄……."

"마누라 때리는 폭력남이 되어 있을지도……."

우리는 공허하게 마주보며 웃었다. 뭔가 식구가 된 기분이었다.

다음 번에 만났을 때는 속엣말을 할 정도로 더 빠른 속도로 진전해 있었다.

j가 말했다.

"언니, 난 한꺼번에 부모님을 잃었어. 한 해 간격으로. 고 2때 엄마가 투병 끝에 돌아가시고 아버지는 고 3때 갑자기 아파서 돌아가셨어. 난 이 말을 언니 만나고 처음으로 편하게 해보네."

다음은 내 차례였다.

"난 부모님 얼굴도 기억이 안 나. 네 살 때 두 분이 한꺼번에 돌아가셨지. 교통사고였어."

"내가 언니보다 더 낫네."

우리는 동시에 쓸쓸하게 웃었다. 우린 자매처럼 동지애와 우정이 동시에 혼재했다. j와 나는 이렇게 만나고 있었다. 술을 마시고, 혹가다 성장기나 상처에 대한 얘기를 하고……. 분명 좀 특별한 관계를 만들어가고 있었다.

"언니. 멘토가 되어줘."

나는 깜짝 놀라 j를 바라보았다.

"언니가 책벌레라는 건 다 아는 사실이야. 책을 많이 읽으면 조언자가 될 수 있다고 봐."

"서로가 멘토와 멘티로 조율하며 지내면 되지. 멘토 역할은 부담스러운데……. 내가 너보다 한참 어른인 것 같잖아."

j는 불가능한 일을 모르는 아이처럼 확실히 저돌적인 데가 있었다. 나라면 머리에 떠오른다고 다 입 밖에 내지는 않았다. j는 언니란 말을 자연스럽게 했는데 그것은 천성이었다. 처음에는 j의 경계 없는 성격이 잘 이해되지 않았으나 곧 적응하게 되었다. 한 번은 j가 이랬다.

"언니와 이야기하고 있으면 나 자신이 업된 것 같아져. 난 언니를 친언니라고 할 거야. 맞지 언니?"

대놓고 칭찬하는 이런 말은 아무에게나 할 수 있는 성질의 것이 아니었다. 사람에 따라서는 자존감의 문제일 수 있다는 게 내 생각이었다. 확실히 j는 뜬금없고 도발적인 면이 두드러졌다. 저돌적이고 뜬금없고 도발적인 것 말고도 j는 항상 뭔가를 찾는 듯한 표정으로 돌아다녔다. 또 매번 뭘 빠트리고 다녀서 못 미더운 부분이 있었다. 나는 보완해주어야 할 것 같은 의무감이 생겼다. 여하튼 j는 별난 데가 많았다. 그러므로 동생으로써 완벽하게 어울리고 결국에는 친동생쯤으로 받아들이기 쉬웠다.

내가 j와 처음 만났을 때 j에게는 애인이 있었다. 쇼몬이라는 핀란드 남자였다. j는 e사에 들어오기 전에 지역공단의 단기 아르바이트를 했다. 공단시찰맞교환 프로그램으로 공단시찰 온 외국인들의 안내 겸 통역이었다. 각국에서 젊은 외국인들이 왔다. 호텔 잡아주기, 공장견학, 길 안내, 마지막 일정인 시내 관광까지 모든 일정을 공단직원의 지시에 따르고 움직였다. 다섯 명이 한 조로 j가 맡은 조에 핀란드에서 온 쇼몬이 있었다. 쇼몬은 일정을 마치고 본국으로 떠나고 이메일과 전화와 휴가를 이용해 j와 쇼몬은 사귀고 있었다. j는 쇼몬과 결혼해 핀란드로 떠나기 전 외사촌 오빠인 박을 내게 소개해주었다. 나는 박과 결혼하고 또 이혼하는 절차를 밟았다.

j가 결혼과 동시에 핀란드로 떠나자 나는 극도의 공동에 빠졌다. 예상은 하고 있었지만 닥치니 실감이 났다. 혈육이 돌아올 수 없는 곳으로 떠난 듯한 심정이었다. 전화와 이메일로 소식을 주고받고 오 년이 흘렀다. 나는 오랫동안 미뤄온 숙제를 해결하듯 계획을 세워 휴가를 내고 j가 사는 헬싱키로 가게 된 것이다.

박과는 j의 소개팅으로 만나 얼마간 교제하고 곧 결혼 모드에 들어갔다.

박과 나는 결혼식을 올리고도 둘 다 혼인신고를 차일피일 미뤘는데 나중에는 서로 파경을 예감했단 믿음까지 들 정도였다. 결혼을 위한 만남은 결국 삐걱대다 걷잡을 수 없는 혼돈 속으로 틀어져갔다. 성급한 결혼은 혼인신고를 안 했다 뿐이어서 기록에만 안 남을 뿐 상처는 컸다.

박은 근면성실하고 깔끔한 생활 취향이 독특했다. 예민하고 삐딱하고 약간 신경질적인 편으로 은근 자아가 강했다. 박의 옷장은 내 옷보다 두 배는 많게 쟁여져 있어서 나는 놀라움을 넘어서 불편한 감탄을 보냈다. 박은 내게 관대하고 부드럽게 대했다. 관대하고 부드러울 뿐 결코 사려 깊지는 않았다. 막 하지 못하는 간격이 있다는 건 그만큼 거리를 느꼈고 느끼는 거리만큼 갭은 컸다. 장난이란 걸 한 번도 쳐보지 못한 관계란 참 딱한 데가 있었다. 나는 박이 불편해지기 시작했다. 남편이 불편한 존재라니……. 그럴 수도 있었다. 나는 점점 소심해지고 어느 땐 까닭 모르게 화가 나기도 했다. 나는 결혼 후에 가끔 생각했다. 이 사람은, 나는, 왜 덜컥 결혼부터 했을까. 당하고 나서 하는 후회 중 결혼의 후회는 일생일대의 후회였다. 박은 여자에 대한 관심보다는 동성에 대한 관심이 더 많았다. 박은 양성애자였다. 그걸 알았을 때는 이미 너무 늦어 돌이킬 수 없게 된 후였다. 결혼 후에야 양성애자라는 결론을 얻었으니 말이다. 박은 있는 친구보다도 새로운 친구한테 더 관심을 가졌다. 끊임 없이 친구를 만들고 예전 친구와는 소원해졌다.

박을 아는 데는 교제 기간을 포함해 이 년 정도가 걸린 것이다. 그 이 년 동안 무엇을 파악했단 말인가. 나 역시 문제가 있다면 있었다. 난 결혼할 때 이제 둘이 살 건데 공동생활을 어떻게 견디지? 가장 먼저 그 걱정부터 앞섰다. 그러나 결혼 날짜를 잡고는 내 손수 살림살이를 장만하러 돌아다녔다. 신혼집을 생각하자 가슴이 뛰고 저렸다. 나는 모든 주방용품과 침구나 잡다한 소품까지 내 취향으로 사들였다. 지나고 보니 결혼을 준비하는 동안이 가장 행복한 시기였다.

박은 소지품이 많았다. 친구들은 남편이 달랑 체육복 한 벌에 책 몇 권 들고 오는 게 전부라서 에게? 했다던데 박은 향수부터 신발은 열 켤레도 넘고 갖가지 운동복에 테니스 라켓까지 과장하면 방 하나로도 부족할 지경이었다. 박은 물건을 차로 몇 번이나 실어 날라왔다.

결혼생활은 시작부터 건조했다. 막상 결혼을 하고 보니 막막했다. 혼자일 때는 누군가 옆에 있었으면 했고, 박이 옆에 있으니 혼자가 그리웠다. 이 이중의 마음은 뭐란 말인가. 나는 혼돈에 빠졌다. 누군가와 같이 있고 싶었고 안착하고 싶었다는 표현이 맞았다. 다른 누군가와 함께 스물네 시간을 부비며 사는 것이 결혼이란 걸 겨우 알게 된 미숙아 같은 내가 한심스러웠다. 어쩌면 결혼은 그 여러 가지로부터 나를 가두는 행위였다. 그러나 모순되게도 나보다도 박이 그것을 먼저 절실히 느낀 것 같았다. 그러니 우리의 이혼은 시차의 문제일 뿐 결과는 마찬가지였을 거란 생각은 나중에도 변하지 않았다.

싸움도 별로 없으면서 불만만을 말하게 되고 뒤이어 침묵하는 시간이 길어졌다. 집에 붙어 있지 않고 밖으로 나돌던 박은 아무런 설명도 없이 불시에 혼자 사는 엄마 집으로 들어가버렸다. 들어가면서도 옷가지와 가방 등 몸에 걸치는 것은 모두 챙겨갔다. 따로 산 지 4개월이 지났을 때 우리는 이혼에 동의했다. 서류가 복잡해서 이혼이 어려운데 서류는 안 해도 되니 수월하다면 수월했다. 이혼이 애들 장난이야? 이런 상투적인 말조차도 하지 않는 사이란 뭐란 말인가. 남는 건 마음 정리밖에 없었다.

박의 엄마는 처음엔 나를 붙잡고 울기까지 했다. 자기 아들한테 맘에 안 든 건 고치라고 할 거라면서. 나중엔 애를 일찍 가졌음 좋았잖니, 하더니 마지막엔 나더러 성격이 싸하다고 하면서 니가 좀 더 애교가 있었으면 그렇게 정떨어졌겠니 하고 쌩 돌아갔다. 나는 그때 알았다, 박이 나를 정떨어져했나 보구나. 그 생각을 하니 마음 정리는 간데없고 앙금마저 날아가버린 기분이었다. 가끔 내 앞에서 처가가 없으니 갈 데가 있나 하며 안 할 말을 하던 분이었는데 내가 고아라서 배운 데 없다는 등의 말은 참아주어서 고맙기까지 했다.

박의 엄마에게 '그는 양성애자예요'라고 말할 뻔했다. 양성애자를 이해시키려면 몹시 피곤한 언쟁이 이어질 것이고, 증거를 대야할 뿐더러 무엇보다 나 또한 박이 양성애자라는 구체적이고 학문적인 확신도 불분명했다.

j는 당사자인 나보다 더 심란해했다. j는 언니의 오해라고, 오빠는 사람을 좋아해서 그래, 하며 부인했다. 국제전화로 박과 여러 번 통화를 하고 자신의 책임인양 힘들어했다. 박과 나는 돈을 똑같이 나눴다. 살던 소형 아파트는 팔아서 돈으로 반반 나누니 더 할 일이 없었다. 집을 비워주면서 하루 간격으로 각자의 물건을 각자의 차 두 대에 분리해서 나눠 실으니 끝이었다. 그 후 박을 다시 볼 일은 없었다. 내 인생에서 박은 빠르게 삭제되어 갔다.

그러니까 이혼은 가령 이런 것이었다. 정리되지 않은 찜찜한 감정이 바람 한 줄기처럼 내 몸을 스윽 빠져나가는 느낌 같은 것이고, 불유쾌한 생활의 여러 에피소드가 뇌의 주름 사이로 숨어버려 찜찜한 가운데 사뿐해진 그런 느낌? 아무튼 이혼함으로써 내 생의 한 페이지는 조용히 다음으로 넘어갔다.

*

j의 시어머님은 북유럽 여인답게 체구가 크고 품이 넓은 분 같았다. 성격은 활달하고 농담도 곧잘 하고 여유가 넘쳤다. 내가 가져온 미역과 아기 속싸개와 배내옷을 보며 신기하고 궁금한 듯 여러 가지를 물으셨다. 미역국을 먹으면 젖이 잘 돈다고 j가 설명하자 눈을 똥그랗게 뜨고 고개를 크게 끄덕였다. 반대로 시아버님은 마르고 학자 타입의 조용한 분이었다. 헬싱키에서 80킬로미터 떨어진 곳에 두 분이 살고 계신다고 했다. j와 쇼몬이 한 번 가뵈면 다음 번엔 두 분이 꼭 헬싱키를 방문한다고 했다. j는 언니 온 김에 구경도 하고 같이 간다했더니 임신한 j가 염려되어 아기 낳을 때까지는 두 분이 오시겠다는 걸 말릴 재간이 없었다고 했다. j는 부모님댁 마을이 예쁜데 나한테 구경 못 시켜준 걸 못내 아쉬워했다.

*

나는 헬싱키를 떠나오기 전날까지도 북극곰을 보러 가자고 다시 j에게 말하지 못했다. 실현가능성 없지만 말이라도 한 번 해보고 싶은 마음을 꾹 눌러담았다.

*

떠나는 걸 못 보게 된다고 쇼몬은 전날 밤에 미리 작별인사를 했다.

"우리 시스터 미깡 이제 언제 보나요? 아기 낳으면 또 보러올 거죠?"

거듭 두 번이나 말했다. j는 핀 공항까지 나와서 짐 부치고 보딩패스를 받을 때까지도 가지 않았다. 면세구역으로 들어가기 전에 나를 껴안고 내 귀에 대고 소곤거렸다.

"언니, 혼자 늙지 마, 혼자 밥 먹고 혼자 잠들고 지겹지도 않아?" 하고 예의 내 등짝을 쳤다. 나는 아직 부풀지 않은 j의 배를 가만 바라보았다.

*

좀 나으니 병실생활은 휴가를 나온 듯해졌다. 이젠 사이사이 링거 꽂은 밀대 바퀴를 밀며 휴게실에 가 커피도 마신다. 강은 도시락을 싸온 후론 전화를 한 번 걸어오고 끝이었다. 강이 온 건 그 다음날 밤이었다. 강이 병실 문을 밀고 들어오자 나는 쌀쌀맞게 말했다.

"그만 와요."

부담스럽다는 뒷말은 막상 보니 안 나왔다.

"좀 특별한 사업인데 어떠실는지……."

내 말은 듣는지 마는지 강은 자기 할 말만 한다. 뭔 사업씩이나, 나는 속으로 중얼거리며 하품 문 얼굴을 하고 반쯤 누워 있다. 강은 누워 있는 내 앞에서 바지 주머니에서 뭔가를 꺼내더니 흡하고 숨을 들이키며 불기 시작했다. 주황색 풍선이었다. 나는 그가 하모니카 정도를 꺼내들고 불 줄 알았다. 강은 흡흡 하며 풍선을 불기 시작했다. 풍선은 급격히 커져갔다. 그는 빵 하고 커다래진 풍선을 내게 내밀었다. 나는 몸을 일으켜 링거 꽂은 손으로 풍선을 가볍게 튕겨주었다. 풍선이 이리저리 날리더니 천장에 가 딱 붙은 듯이 멈췄다. 강이 두 번째 풍선을 불어 또 내 앞으로 내밀었다. 이번에는 하늘색이었다. 나는 아까와 똑같이 풍선을 가볍게 튕겼다. 풍선은 지그재그로 원을 그리며 포르르 날아갔다. 그리고 세 번째 네 번째……. 좁은 병실 안에 빨갛고 파랗고 노란 색색의 풍선이 두둥실 떠다니고 나는 마치 아기 시절로 돌아간 듯 도취해서 눈을 커다랗게 뜨고 실내를 둘러보았다. 나는 그가 부는 풍선처럼 천장까지 붕 떠오를 것만 같았다. 나는 기분이 아주 좋아졌다. 나는 나도 모르게 큰소리로 웃으며 손뼉을 쳤다. 오버한 내 모습에 강도 놀란 표정이었다. 나는 뻘쭘해졌다. 강이 나를 따라 엉거주춤 웃었다. 강의 표정은 딱 이렇게 보였다. 날 보고 웃어주다니, 믿기지 않아요. 강이 수줍은 듯 고개를 숙였다. 입꼬리가 살짝 말아올라간 미소를 띠고서. 나는 강이 수줍어하는 것을 처음 보았다.

병실에는 강과 나만이 있었다. 미묘한 침묵이 길어지고 있었다. 이 어색함은 뭐지. 무난한 대화가 뭐가 있을까.

'강, 멋져요. 내일도 와서 불어줄래요? 풍선은 마음을 환하게 하네요.'

나는 감동을 숨긴 채 말하기가 몹시 거북하다는 걸 깨달았다. 그러니 지금 이 말을 꼭 해야 되겠다. 모든 것에는 때가 있다는 걸 배웠고 때를 놓치면 기회는 안 올 거니까. 내 입에서 나온 말은 나 자신도 예측불허였다.

"무슨 애들도 아니고……. 웬 풍선이래요."

강이 웃음을 거두지 않은 채 대답했다.

"왜요. 이거 재미없어요? 아주 싸요. 한 봉지에 삼천 원밖에 안 하는데……."

하며 강은 또 수줍은 듯 웃었다.

이 좁은 공간에 우린 둘뿐이었다. 간호사가 들어오기 전까지는.

실비아와 소윤

1. 나의 독백

내 이름은 실비아, 프랑스인입니다.

그 이전의 이름은 소윤입니다. '소윤'하고 입 속에서 되뇌면 마치 속삭이듯이 아련하고 정감있고 가만가만한 이름, 입술을 둥글게 내밀고 입술 사이에서 바람소리를 내며 혀를 밀고 나오는 이름, 소윤, 하고 불렀을……. 누군가의 얼굴이 떠오릅니다. 떠오르지만 아득하고 막막하고 생경하고 끝내는 벙벙해져서 곧 흩어져버립니다. 물 속의 어른거림, 바람 속의 소용돌이처럼요. 크고 둥글고 다정하고 환한 누군가의 얼굴이……. 내 볼에 비비며 수도 없이 입술을 댔을……. 누군가의 얼굴이……. 나를 닮았을 어떤 여자의 얼굴이……. 종내는 커다랗게 흩어져버리고 마는.

s로 시작되는 것은 우연이지요. 참 좋은 우연입니다. 이니셜은 내가 일생 사는 동안 실로 많이 숱하게 쓸 일이 생기니까요. 실비아와 소윤,

아니 소윤과 실비아……. s로 시작되는 이름……. 끝내는, 사랑스러운 이름이야, 라고 말하기에 이르는 지난하고 지난한 여정의 어떤 실비아 아니 소윤…….

내가 사는 곳은 프랑스 남서쪽에 위치한 조그만 소도시 c시입니다.

스페인과의 국경에 걸쳐 있는 피레네 산맥에서 그다지 멀지 않은 곳이고 프랑스에서 네 번째로 큰 도시 T시에서 70킬로미터 떨어져 있지요. 인구는 1만2천 명 정도고 프랑스를 대표하는 화가의 미술관과 18세기의 교회와 중세의 저택이 있는 구시가지를 가로질러 긴 강이 흐릅니다. 여행객들은 T시를 베이스로 깔고 주변의 작고 오래된 옛 도시를 여행하면서 더러는 c시에서 묵고 가기도 하지요. c시 주변은 소규모의 농장과 가축공장과 염료공장이 산재해 있고 사프란과 꼭두서니 같은 염료식물이 풍부한 덕분에 모직물공장이 주산업일 정도로 공장이 밀집해 있습니다. 아버지는 가업을 이어받아 가내공업 수준의 염료공장을 하시고 오빠들 중 한 명이 아버지의 사업을 이어받길 희망합니다. 나는 T시의 대학에 들어가기 전까지는 c시를 떠나본 적이 없습니다.

언뜻 보면 c시는 버려진 모델하우스 같은 공장지대가 밀집해 있어 거칠고 삭막해 보이지만 일단 구시가지에서 하룻밤을 자고 아침에 일어나 동네를 산책하다보면 생각보다 좋다고 말합니다. 프랑스 남부지역을 여행하는 이들이 간혹 밤이 되어 길을 잘못 들어버려, 투덜거리며 어쩔 수 없이 하룻밤을 묵고 나서 공통적으로 이렇게 말한답니다. 길을 잘못 들어버린걸 잘했다고요.

주민들은 대개가 대대로 물려받은 토지를 경작하고 가축을 기르거나, 염료공장과 방직물공장에 다니고, 선조가 하던 작은 카페나 빵가게, 수예점, 구둣가게나 주유소, 레스토랑을 고민 안 하고 이어받아 경쟁자 없이 느슨하게 운영하며 살아갑니다. 사람 사는 곳 어디나 그렇듯 강도나 절도 같은 소소한 사건들이 일어나긴 하지만 평화로운 풍경만큼 지루할 정도로 하루하루가 변함없이 흘러갑니다. 내 인생도 이곳처럼 유유자적 흘러갈 것만 같아서 어느 때는 안심이 되다가도 혹가다는 숨이 막힐 정도로 갑갑함을 느끼곤 하지요.

대개의 집들은 집집마다 안으로나 밖으로나 덧창이 나 있는데 레이스커튼에 겹치게 반투명 커튼을 낮에도 쳐놓아 밖에서는 집안 내부가 안 보입니다. 안에서 밖을 내다볼 때는 커튼을 살짝 들추어 밖의 동정을 살피지요. 어떤 비밀스러운 장면을 상상하고 유추하듯 집집마다 레이스커튼은 한낮에도 내도록 쳐놓습니다.

시가지를 조금만 벗어나면 끝없는 마늘밭과 밀밭의 둔덕과 아무 것도 심지 않아 잡초뿐인 낮은 구릉은 현기증이 날 만큼 아찔하게 이어지고 어린 날의 무료함과 포개져 가슴속에 지루한 풍경으로 새겨져 있습니다. 내 어린 시절은 이 작은 마을 안에서 그저 그렇고 그런 단조로운 일상에서 한 발자국도 안 나가는 반복적인 갇힌 생을 살았습니다.

나는 한때 일본 소녀와 프랑스어로 펜팔을 했습니다.

내 나이 열네 살……. 미칠 뻔한 순간이 하루에도 몇 번씩 지나갈 때였지요. 마음속에 짓눌린 어떤 것, 표현할 수 없는 어떤 것이 있었다고 밖에는 설명이 안 되는……. 내 마음은 근원을 알 수 없는 장소를 찾아 헤매기라도 하듯 방황하고 스스로를 유폐시켰습니다. 지치도록이요. 마음의 폭풍이 나타났다 사라지고, 잠잠하다 되풀이되는 거듭된 방황이, 실은 나의 숨겨진 지병은 아닐까 하는 의심마저 들 정도였습니다. 왜 그때서야, 내도록 받아들이고 가만있다가 돌풍처럼, 소나기처럼, 절망처럼 나타나는 것일까. 나는 불안병에 걸린 소녀처럼 내내 안절부절 못하다가 결국에는 방에 틀어박혔습니다. 내게 생은 꽤 가혹했던 것 같습니다. 자라면서 순간순간 공포처럼 느꼈던 따돌림과 비웃음은 지극한 내 삶의 일부였으니까요. 학교가 문제였습니다. 학교를 다니면서 나의 외모는 두드러졌고 혼란이 생기기 시작했으니까요. 혼란은 몸의 일부인 것처럼 정신을 좀먹어가고 열등감이 커지고 더욱 내성적으로 변해 갔습니다.

일본 소녀는 내가 가닿기 위한 어떤 행성에 가장 근접해 있었어요. 소녀는 프랑스 영화를 전공하기 위한 과정으로 펜팔을 하는 거라고 했습니다. 프랑스 영화를 집중적으로 보며 꼭 프랑스에 와서 영화 공부를 하고 싶다고요. 펜팔은 꽤 긴 시간 이어졌습니다. 나는 일본 소녀에게 집착했고 사이가 무르익어 더러는 반말을 쓰며 아미, 하며 서로를 불렀습니다. 소녀와 주고받는 편지가 내 일상을 지배했고 나는 우체부를 기다리는 시간의 감미로움에 빠진 행복한 소녀의 역할에……. 꽤나 집중했습니다. 소녀는 내 성의에 기꺼이 화답했고 사진을 교환하기에 이릅니다. 사진 속의 소녀는 머리를 두 갈래로 땋고 팔로 턱을 받치고 웃고 있었습니다. 웃음이 아주 화사했지요. 드러난 이가 귀엽게 들쑥날쑥하고 눈꼬리가 말아올라가고 살결이 희고 아주 앳되 보였습니다. 상처 같은 건 뭔지도 모른 채 보살핌 속에 컸을 소녀는 주름이 풍성한 자잘한 꽃무늬 원피스를 입고 있었습니다. 나도 사진을 보냈습니다. 한 동안 소녀에게서 답장이 오지 않았습니다. 얼마 뒤 소녀에게서 편지가 왔지요. 소녀는 물었어요.

"아미, 너 혼혈이니? 너무 놀라서 잠을 못 잤어."

"아니, 나는 입양되었어. 한국에서 2살에 입양되어 왔어."

하고 답장해 주었습니다.

소녀는 두 번인가 내용 없는 짧은 편지를 보내더니 뚝 끊어졌습니다. 나는 꿈인 듯 믿어지지 않았지요. 내가 아시아에 집착하게 된 것은 소녀와의 펜팔이 끊어지고 난 후였습니다. 나는 언제라도 꼭 가출을 하리라 마음먹게 되는데 이 시점이었던 것 같아요. 후에, 나는 어쩌면 그때의 상황을 필요 이상으로 비극적으로 몰고 가지 않았나 하는 생각이 들기도 했습니다. 여자는 감정이 격해지면 끝까지 가는 법이니까요.

2. 당신의 고백

당신은 암에 걸렸다. 이상하고 수상한 징조는 있었다. 속이 쓰리고 신물이 올라왔다. 당신은 무시했다. 당신이 일생을 살아오는 동안 당신이 저질렀을 자잘하고 많은 죄목. 아무 데나 휴지를 버리고 침을 뱉듯 쉽게 잊힌 죄목, 괴로워하지 않고 마치 누구나 그렇다고 당연시하고 넘어갔던, 침을 뱉고 휴지 버리는 죄목 같은 것은 아닌……. 실은 아이를 버린 죄인이다, 당신은.

당신은 비난과 조롱을 받아야 하며 수치를 견뎌야 한다. 이불 속에 얼굴을 묻고 두 손으로 입을 틀어막고 읍읍하고 많은 날을 울었던, 감히 하늘을 바라볼 수 없는 죄를 지은 여자다, 당신은.

누가 당신 얼굴에 침을 뱉어도 당신은 견뎌야 했을 것이다. 알고 지나갔든 모르고 지나갔든 당신이 일생 받은 부당한 대우들, 처신을 잘못해 아무에게나 조롱거리가 되고 비웃음을 사고 무시당한 줄도 모르고 지나쳤던 일들이 있었다면, 그것이 죄에 대한 벌이었으니 뭐라도 상관없었다.

당신의 삶은 통곡의 삶이었다. 극명의 고통도 지나는 가더라, 하고 후에 당신은 읊조렸다. 모가지가 꺾인 듯한 고통도 차차로 잊히더라고, 그리고 꿈인 듯, 마치 내 일이 아닌 듯……. 어쩌다 보니 한 남자가 다가왔고 아이가 둘이나 생겨 있더라고 혼자 말했다. 말속에 간간이 한숨과 회한이 섞여 숨이 가빴다.

아무래도 증세가 더는 무시할 수 없어 몇 날을 뭉개다 당신은 마음먹고 큰 병원에 찾아갔다. 병원의 시스템에 따라 예약을 해 진료날을 받고 다시 검사를 예약하고 침대에 누워 내시경 검사를 받기까지 여러 날이 걸렸다. 내시경 검사가 끝난 후 의사 앞에 앉았을 때, 그날, 그날을 기억하는 일은 힘에 부친다.

의사의 얼굴에 긴장의 빛이 감돌던 기미를 당신은 느꼈다. 우선 의사는 보호자 누구랑 같이 왔는가, 하고 물었다.

혼자 왔지요. 뭐 별 검사라고…….

이런 뜻의 표정을 의사는 무시하더니, 아, 예……. 혼잣말처럼 하고는 헛기침을 하고 마른세수를 했다.

커다란 모니터 두 대를 앞에 놓고 앉은 의사 맞은편에 당신은 진료실의 흰 벽을 멍하니 보고 앉아서 의사의 다음 말을 기다렸다. 잠시의 침묵은 대수로웠고 병명을 듣고, (분명히 위염일 것이라고 당신은 예상했다) 면담이 끝나면 당신은 진료실을 나가서 약국에 가서 약을 타면 되었다.

"아, 그러니까……. 지금 현재 연세가 예순하나신데 왜 그 동안 검사를 안 하셨지요? 속이 쓰리고 아프시지는 않던가요?"

의사는 당신 나이보다 적어 보였다. 넥타이를 단정히 매고 살짝 장난기가 있게 생겨서 젊어서는 귀엽다는 말을 들었을 신사였다.

"검사를 했지요."

"아, 내 말은 2년에 한 번씩은 해야 돼요. 마지막으로 언제 하셨어요?"

"글쎄요, 한 10년은 안 된 것 같기도 하고, 언제였을까 정확히는……. 한 번인가밖에……."

당신이 우물거렸다.

의사는 부드럽게 웃는 인상에서 의사들 특유의 침착함으로 다시 돌아왔다. 그는 천천히 설명을 하기 시작했다.

"자, 여기를 보십시오. 문제가 된 게 이 부분과 또 이쪽……."

의사는 마우스를 끌어당겨 크게 확대한 사진을 보여주었다. 커서를 움직여 연달아 몇 장의 사진을 짚어가며 설명하기 시작했다. 당신은 엉거주춤 몸을 옆으로 돌린 상태에서 컴퓨터 화면을 보고 있다가 의자를 끌어당겨 바로앉았다. 당신 눈에 컴퓨터 사진은 단지 사진일 뿐 희뿌옇기만 하다.

"아무래도 정확히 아셔야 치료를 빨리 들어가고 내 입장에선 환자에게 의사로서 알릴 의무가 있으니까."

의사의 얼굴에 직업상 말해야 하는 곤혹스러운 고통이 담겼다는 것을 당신은 알아차렸다. 당신은 심각한 병에 걸렸음이 바로 알아졌다. 갑자기 의사의 말이 빨라졌다.

"지금 바로 수술을 하셔야 합니다. 여기, 특히 이 부분이 문제고 그 옆의 이 부분도, 열어봐야 알겠지만……. 이 상태라면 위 절제는 전절제가 될 것 같구요. 수술 날짜는 간호사의 설명을 들으시고……. 붕 부웅붕……."

귀가 웡웡거리고 음절과 음절이 혼란하게 뒤엉켜들었다. 끝없이 중얼거리는 영어로 나오는 나레이션처럼 중얼중얼 이어지는 어떤 소리들……. 당신은 어떻게 병원을 빠져나왔는지 모르게 버스정류장 벤치에 앉아 있었다. 가을이라 하늘이 청명했고 소슬한 바람이 불어왔다. 병원 뒷길은 찻길인데도 무서울 정도로 조용했다. 주위는 사람 하나 없었다. 이따금 차가 지나갔다. 당신은 멍하니 앉아 버스가 도착하고 떠나는 광경을 넋 놓고 보았다. 아무 생각도 안 들었다. 허공에 몸이 붕 떠서 도시 너머의 촌과 벌판과 강을 지나 바다를 지나, 아무도 없는 외딴섬에 쑥 빨려 들어가 오두막 안에 몸을 말긴 듯 그렇게 오래 앉아 있었다.

집에 돌아온 당신은 허공에서 엉킨 수많은 실핏줄이 재빨리 이동하는 것을 보았다. 가만히 눈을 감았다. 잠은 들지 않았다. 얼마 전 당신을 만나고 떠난 소윤이 떠올랐다. 소윤이 머물렀던 보름 동안 당신은 소윤을 다섯 번 만났다. 세 번째 만난 날 밤은 호텔에 함께 묵었다. 소윤이 떠나던 날, 당신은 소윤을 배웅하러 공항에 나갔고 소윤이 프랑스로 떠나는 걸 지켜보았다. 소윤은 프랑스의 일상에 복귀해 있을 거였다. 당신은 살풋 잠이 들었다. 꿈을 꾸지 않았지만 잠 자체가 꿈같았다.

3. 나의 독백

나는 십대를 혼곤함 속에서 보냈습니다. 늘 피로했고 식구들이 성가셨고, 사실 식구들은 나를 건드리지 않았습니다. 어쩌면 무관심에 더 가까울지도 모르겠습니다. 엄마를 빼고는 식구들은 모두 다 내게 의견을 묻고 내 방에 들어올 때도 노크를 했지요. 혼자 있기를 갈망했고 멍청히 내 방에 처박혀 죽은 눈빛을 하고 다 산 노인처럼 의욕 없이 축 늘어져서.

T시의 대학에 들어가자마자 나는 공부보다는 아르바이트로 돈 버는 일에 열중하게 되었습니다. 돈이 모이자 나는 아시아로 여행을 떠났습니다. 딱히 정한 곳도 갈망한 곳도 없는 무작정의 내면의 지시에 따라

도착한 곳은 인도였습니다.

내가 생애 최초로 한 가출은 그때 일어났습니다. 마음속으론 수없이 가출을 감행했고 가출을 하리라 마음먹었던 나이에서 몇 년이나 늦어졌지만…….

한 달 동안 인도를 돌아다녔습니다. 마치 시위처럼 가출을 했을 때, 실은 나는 처음엔 며칠만 있다 돌아가리란 생각도 했었습니다.

"로잘리, 나 떠나고 난 뒤 부모님께 이 편지 전해줘, 꼭……. 용서를 빌더라도 갔다 와서 할 거야……. 로잘리, 알았지?"

나는 인도로 떠나기 전날, 로잘리를 만났습니다. 밤새 쓴 편지를 로잘리에게 전해주며 이렇게 말한 것입니다. 로잘리는 내 상태를 예견했다는 듯 아무 말 없이 깊은 시선으로 나를 응시했습니다. 내 숨은 뜻을 잘 파악한다는 의미로 고개를 크게 끄덕였습니다.

나는 왜 대놓고 인도 여행을 간다고 말하지 못했는지……. 부모님은 분명 허락해 주셨을 텐데……. 어쩌면 이 대목에서 부모님은 내게 배반감이 들었는지도 모르겠어요.

인도는 책과 똑같았습니다.

인도에 온 목적은 단 하나라는 듯이 세계의 여행자들은 일방통행처럼 일괄적인 행로를 따릅니다. 몸의 모든 것이 걸리적거리고 귀찮다는 듯 아무렇게나 걸쳐 입고 몹시 심각하거나 몹시 호기심에 겨워 한 곳을 응시하거나 헤매고 다닙니다. 나 역시 인도에 온 모든 여행자처럼 바라나시에 가서 갠지스 강을 바라보며 멍청히 앉아 있고 시체 태우는 것을 몹시 놀라서, 차차로 무표정하게 바라보고, 영화 찍는 것을 기웃거리고 떼거리로 몰려다니는 아이들에게 동전을 던지고 그리고 마지막에는 짐짝 같은 버스를 타고 타지마할에 가고……. 뭄바이에서 고아로 이동하고……. 차츰……. 참 이상한 걸 발견하고 나는 소스라치게 놀랐습니다. 환희였지요. 나와 비슷한 종족들, 나와 사촌쯤 되는 많이 닮은 듯한 외모에서 나는 편안함을 느낀 겁니다. 아무 데서나 잠이 들듯 나는 편안해져가고 있었습니다. 오, 피스……. 나는 마치 한 번도 느끼지 못했던 것처럼 평화를, 흡사 태어나 처음인 듯 느꼈습니다.

c시에서 나는 참 돋보이는 아이였습니다.

어릴 때 이야기고 커서 T시나 파리에 가서는 덜했지만, c시에는 동양 사람 특히 한국인은 내가 유일했거든요. 피자가게 로자 아줌마는 한국이라는 나라가 있다는 걸 나를 통해 알았다고 했어요. 역 앞에 스시집을 하는 젊은 일본인 부부가 유일했고 이웃마을에 캄보디아 입양아가 있긴 했지만…….

스시집을 하는 일본인 부부는 여행 중에 만나 가장 좋다고 생각한 c시에 살림을 차리고 뒤늦게 결혼식을 올린 부부지요. 아이도 둘이나 낳고. 완전한 정착은 아니고 끌리는 곳이 있으면 언제라도 떠날 마음이 있다면서도 8년째 살고 있습니다.

캄보디아 입양아는……. 같은 처지라 말하기가 뭐하지만 나보다 훨씬 앞에 입양된 남자아이인데 양부모의 학대를 못 견뎌 결국 아무도 모르게 가출해서 영영 소식이 끊어진 케이스가 되었지요. 그 애는 떠나면서 어머니의 패물을 몽땅 훔쳐갔다지요. 캄보디아 입양아 가출사건은 마을 사람들이 쉬쉬하며 흉보는 에피소드로 그치고 말았지만. 그 애는 십몇 년을 키워준 양부모를 버린 건지 버려진 건지 아무튼 풍문으로만 들어서 알 수 없지만 꽤 큰 사건으로 남았습니다.

내가 인도 여행에서 돌아오고 이 년 후, 나는 그 동안 모은 돈을 가지고 태국으로 두 번째 아시아 여행을 떠났습니다. 그 이 년 동안에 나는 잠깐 사랑을 했지요 프랑스인인데 아르바이트하던 레스토랑의 동료 장이었습니다. 장과는 함께 태국에 가볼 계획을 세웠지만 계획으로 그치고 말았습니다. 장과는 만날 때부터 의견이 많이 달라서 합의 끝에 헤어지자고 하고 곧 쿨하게 헤어졌습니다. 장과의 이별이 태국으로 떠나는 결정적인 계기가 된 것 같아요. 겉으론 쿨하게 헤어졌지만 내 마음 깊은 곳에는 얼룩점 같은 상처가 남았던가 봅니다. 방콕에 도착하자마자 왕궁으로 갔습니다.

방콕 왕궁의 황금사원 계단에서 츠렌을 만났습니다.

츠렌은 공과대학 학생인데 머리가 복잡할 때는 인파가 북적이는 계단에 앉아 사람들을 구경하는 취미가 있었대요. 츠렌과 나는 황금사원 계단에 앉아서 무려 네 시간이나 대화를 나눴습니다. 츠렌은 영어가 유창했고 나는 서툴러서 서로의 말을 완전히 알아듣지 못했지만 충분히 이해했고 통한다는 느낌이 컸습니다. 츠렌과 대화하면서 나의 시선이 확장되는 것에 놀랐고 내 인생에서 이렇듯 의미 있는 행동을 한 것이 처음이라는 데 두 번 놀랐습니다. 그건 사뭇 감동적이게까지 느껴졌어요.

우리는 공통적으로 아시아에 대한 얘기를 많이 하고 내가 입양아란 사실을 밝히자 츠렌은 나를 데리고 자신의 집으로 초대했습니다. 츠렌을 따라가 태국의 가정집을 방문하고 츠렌 가족의 환대를 받았고 태국을 여행하는 동안 내내 행복감에 젖었습니다. 이상하게 츠렌은 편했습니다. 피가 당기는 것처럼 끌린 것은 비슷한 외모 탓인 게 분명했습니다. 마치 오랜 동지 같았죠. 츠렌은 내게 도움을 많이 줬고 나는 츠렌이 언제라도 프랑스를 방문하면 가이드가 되겠다고 초청을 하고 돌아왔습니다. 그렇게 시작된 게 아시아 방랑이라고 할 만큼 아시아에 빈번이 가게 됩니다.

태국 여행에서 돌아오고 내가 많이 바뀌었다고 로잘리는 말했습니다. 이젠 조금 안심이 된다고.

"정서적으로 안정돼 보이고 한결 마음이 놓여, 실비아. 너는 항상 아슬아슬했거든. 실비아도 곧 어른이 될 거야."

사려 깊은 언니 같은 파란 눈의 로잘리는 늘 나를 염려하며 배려해 주었지요. 나도 그때쯤은 내가 봐도 꽤 명랑해져 있었습니다. 나는 돈만 모이면 그 후에도 인도와 태국을 몇 차례 더 여행하게 됩니다. 로잘리와 동반도 두 번인가 하게 되었지요.

그런데, 그런데 말입니다. 참 이상하지요. 한국은 왜 가지 않았을까요. 로잘리도 권하지 않았지만 나는 일부러인 듯 한국은 물론 중국이나 일본 등 한국 주변까지도 가지 않았습니다. 이유 없이 피했지요. 그런 나라는 안중에도 없다는 듯 말입니다. 내 마음 상태를 나도 잘 모를 일이긴 했습니다.

4. 당신의 고백

소윤을 바라보는 당신의 눈 안은 뭐라 형언할 수 없는 동요가 들어 있다. 눈 안이 물결치듯 일렁였다. 당신이 지금 바라보고 느낀 이 기분은 영원히 남아서 당신을 괴롭히고 수없이 리플레이 되어 환영 속에 남을 거였다. 당신은 소윤이 낯설까봐 걱정이 되었다. 소윤을 만나기 며칠 전부터 뜬눈으로 밤을 새우다시피하며 허둥지둥 보냈다.

소윤은 검고 긴 머리를 늘어뜨리고 있었다. 머리는 약간 곱슬기가 있는 듯 끝이 안으로 말려들어가 있다. 내성적인 얼굴이다, 당신은 소윤의 이미지를 그렇게 읽었다. 전체적으로 가냘픈 느낌이지만 눈에서는 고집이 읽혔다. 윗입술이 살짝 나오고 인중이 짧았다. 소윤이 저랬던가. 저 아이가 소윤이라고…….

소윤을 만나고 온 날 당신은 소윤만을 생각하자, 고 생각했다. 눈을 감고 소윤의 얼굴을 떠올렸다. 바로 떠오르지 않았다. 소윤은 당신에게 사진을 몇 장 줬다. 당신은 사진을 손으로 쓸었다. 소윤은 젊음이 지나가고 있었다. 생기가 사라지기 시작하는 얼굴, 소윤의 나이 마흔이 넘었다……. 무엇보다 소윤의 얼굴에서 멈출 수 없이 흘러가는 시간을 느낀다는 것에 당신은 움찔 놀랐다. 소윤은 그럴 나이가 된 것이다. 당신은 바로 알아볼 수 있었다. 바로 친근감이 들어 몸의 어떤 인자가 소윤의 몸을 만져보기를 지시했던 것처럼. 그러나 당신은 소윤의 몸을 만질 수 없었다.

법인 지원센터 대표인 신부의 소개로 (민간기관인 법인 지원센터의 대표는 통역과 행사를 일괄 주관했다) 첫 대면을 하고 소윤을 껴안고 깊이 포옹했으나 머리칼의 냄새도 몸의 어떤 반응도 느끼지 못했다. 감정이 격해서 그런 세세한 것들을 예민하게 받아들일 수 없었다. 포옹이 끝나고 소윤과 떨어져서 소윤을 바라보면서도 시선을 내내 소윤에게 붙박지 못했다. 당신은 눈치가 보였다. 마음의 동요 때문에 시간이 우락부락하게 지나갔다. 식사도 하는 둥 마는 둥 하고 헤어질 시간이 되었을 때 법인의 대표가 말했다. 오늘은 헤어지고 이틀 후에 다시 만나자고, 밤에는 쉬고 내일 아침에는 서로 통화하세요, 했다. 아마도 마음을 가다듬을 시간을 준 듯했다. 이틀 후에는 소윤이 묵고 있는 호텔에 갈 예정이었다.

소윤은 한국의 또래보다 조금 거칠어 보였다. 검고 긴 머리는 파마라고는 해본 적 없는 듯 윤기가 흘렀지만 가꾸지 않은 듯한 외모는 원초적이어서 더욱 동양적으로 보였다. 살결은 희다고 할 수 없고 키는 중키였다. 언뜻 표정에서 소윤 생부의 이미지가 읽혔다. 어떻게 생겼는지조차 기억나지 않지만 눈꺼풀이 얇고 준수한 외모였던 건 분명했다. 소윤은 여기 여자들보다 가꾸지 않고 산 티가 느껴졌다. 화장기가 엷어서인지도 모르지만 당신 눈에는 그렇게 보였다. 당신 마음이 안쓰러움을 넘어서 깊은 회한으로 물들었다.

소윤은 처음엔 울지 않았다. 당신만 울었다. 소윤을 붙잡고 울 수 있는 날이 오다니, 꿈속인 듯 울고 또 울었다. 소윤의 난처한 듯한 표정에서 당신은 억장이 무너졌다. 죄를 이런 식으로 받나 보다.

법인 지원센터 대표가 이쪽저쪽 바쁘게 왕래하며 애를 쓰고, 소윤의 남편이라는 젊은 외국남자가 당신을 안고 손을 잡아주고……. 다니엘은 낯설지가 않았다. 소윤과 잘 어울려 보였다. 당신 앞에서 다니엘은 내내 호의적인 미소를 잃지 않았다. 그래서인지 따뜻한 품성이 느껴졌다. 그 옆에, 소윤과 다니엘 곁에서 그림자처럼 맴도는 사내아이 둘은, 소윤의 아들이었다. 키는 껑충 크지만 얼굴은 소년티가 났다. 둘은 쌍둥이처럼 비슷해서 얼른 분간이 안 갔다.

당신은 소윤의 성격, 생각, 사고방식, 버릇 아무 것도 아는 게 없다. 단지 소윤이라고 하니 소윤이라고 믿는다. 당신이 서러운 건 바로 이것이었다.

5. 나의 독백

자그마한 체구의 평범한 옷차림을 한 빠르게 늙어가기 시작하는 나이의 동양 여자.

어디서 만난다면 알아보지 못할 모습으로 당신은 내 앞에 서 있었습니다. 정확한 나이는 모르지만 아마도 예순 언저리일 것이고 프랑스 엄마보다 한참 젊어 보였습니다.

삶의 풍상을 겪은 티가 한눈에 드러났지만 그 나이 때에 알맞은 풍상이었어요. 어쩌면 그 나이 때의 여자보다 더 고와 보였습니다. 편안하게 일생을 살아온 중년 여자의 모습이었지요. 나는 어쩌면 상상 속에서 거칠고 주름투성이인 당신의 모습을 떠올렸는지 모릅니다. 삶의 어떤 순간에 인생이 꼬여서 아기를 버리고 잊고 살았을 부박한 한 여자의 비정함 같은걸 떠올렸는지도요. 그러나 당신 얼굴에 부박함이나 비정함 따위는 없어 보였어요.

당신에게는 애잔해 보이는 여성적인 섬세함이 있더군요. 당신 삶을 증명하는 자리를 잡은 잔주름과 쓸쓸해 보이면서도 고운 티가 남아 있는 외모. 상상보다 나쁘지 않았어요.

당신 얼굴의 어떤 부분에서 나는 순간적으로 나의 일부를 발견한 듯 놀라움에 겨워 매우 어색해져서 발이 땅에 붙듯 오 초 정도 움직일 수가 없었습니다.

꼭 만나야 하는 걸까. 꼭 만나러 와야만 했을까…….

정지선 밖의 당신.

낯선 나라의 공항에 내가 서 있을 이유가……. 나는 거의 얼어붙듯 한동안 시선을 멈춘 채 서 있었습니다.

당신이 먼저 다가와 안았고 당신이 먼저 울었습니다. 나는 마음의 혼선 때문에 냉정해지려 했지만 잘 되지 않았습니다. 마음의 파도는 주체할 수 없이 커져 갔습니다만 나는 침착해지려고 애를 쓰고 마음을 다잡고 꽂꽂이 섰습니다.

뇌는 정지당하고 비현실적인 상황을 억지로 받아들여야 하는 현실이 난감했습니다.

나는 뒤엉킨 감정을 한데 모으며 냉정해지려고 침착하게 나 자신을 몰아치며 침을 삼키고 눈을 꾹 감았습니다. 공항의 넓은 홀의 소음은 순간 정지되고 나는 갑자기 허탈해졌습니다. 당신을 만나려고 준비한 공과 시간이 헛된 듯 느껴지는 찰나적인 마음변화라고밖에 설명이 안 되는……. 짧은 순간의 나레이션은 길기만 했습니다.

초면인 당신.

나도 가만히 당신을 안았습니다.

여러 복잡한 생각이 동시에 왈칵 들고 모든 것이 의미 없이 공허해지는 마음의 혼돈 같은 것, 나는 이율배반에 빠진 채 현재 상황의 온에어 속으로 들어갔습니다. 통역을 하는 법인의 대표가 있어 얼마나 위로가 되었던지요. (통역은 거의 동시통역 수준이었습니다) 모든 어색한 상황이 무마되고 그가 시키는 대로 하면 되었으니까요.

당신이 입고 있는 옷의 배경에서 나는 당신의 현재를 봐야만 했습니다. 그토록 평범하게 살아온 듯한 한 폭의 삶을 말이지요. 당신은 무늬가 들어간 회색 재킷에 밤색 바지, 보스턴 백을 들고 있었습니다. 의상은 그의 현재 상태를 말해주는 가장 직설적인 단서가 아니겠어요. 느껴지는 이미지는 인자하고 다정해 보였습니다. 한때는 수줍어했을 흔적의 기미가 얼굴에 남아 있었어요. 나는 침착해지자고 차분해지자고 다짐했고 그렇게 했습니다.

어느 순간이던가요.

미안해하는 당신의 모습, 죽을죄를 진 듯한 표정, 나는 그런 것이 불편하고 싫었습니다. 나는 과장되게 웃으며 당신에게 말했습니다.

"안녕하세요. 만나게 돼서 기뻐요."

생애 처음 대하는 낯설면서 낯익은 당신의 외모는 현실적이지 않았어요. 나중에 돌이켜보니 나의 첫 인사가 잘못된 것 같아 나는 몸을 비틀고 내 가슴을 마구 쳤어요. 나는 나와 같은 외모를 가지고 있는 당신이 오랫동안 익숙해지지 않아서 한국에 있는 내내 조바심과 어떤 불안에 휩싸여 지내야 했습니다. 프랑스 엄마에게서 느껴야 했던 그토록 이질적인 외모를 당신에게서도 똑같이 느껴야 하다니. 마치 유년기 때로 돌아간 것처럼 말이지요. 프랑스로 떠나올 때쯤에는 마음의 평정을 되찾았지만 말입니다.

"나이는요?"

나는 급습적으로 당신에게 나이를 물었습니다. 곧 후회했습니다. 내가 뱉은 말의 의미가 큰 울림으로 말끝에 올 여파까지는 생각지 못했으니까요. 내가 좀 그런 데가 있기는 합니다. 대화를 시작할 때 먼저 말해야 한다는 강박과 어색함 때문에 서둘러 내가 먼저 질문을 던지곤 잘못된 걸 일 초 뒤 깨닫는 뭐 그런 버릇이요. 아차 싶어 나는 나의 속깊지 못함에 순간적으로 당황하며 곧 표정을 바꿨습니다. 아마도 당신이 몇 살 때 아기를 낳았나 하는 물음이 내 안에 있었던 건 아닐지.

"어……. 아……."

당황한 당신의 표정과 얼버무림이 묘하게 교차하는 걸 보고 나는 눈을 내리깔았습니다.

나는 왜 당신의 나이가 궁금했던 것일까. 궁금하지 않았습니다. 뭔가를 물어야 하는 상황이 필요했을 뿐. 나중 생각해보니 법인의 대표에게 살짝 물어도 됐을 텐데 말이죠.

웃지도 울지도 못하는 어정쩡한 표정으로 당신은 가만히 있었습니다. 당신 입 주위가 씰룩이는 듯하더니 손가락을 치켜들었습니다. 오른손과 왼손가락을 펼쳐 보이는 것을 나는 바라만 보고 있었습니다.

법인의 대표가 웃으며 "예순하나 되세요. 한국 나이로 62" 했습니다.

나는 어색함을 무마하기라도 하듯 당신의 옷깃을 살짝 잡으며 장난기 어린 제스처를 했습니다. 긴장과 어색함이 뒤엉킨 묘한 표정에서 미소로 당신 표정이 변화해 갔어요.

당신과 나는 곧 법인의 대표가 말하는 다른 화제로 넘어가며 현재의 상황에서 다음 장면으로 이동했습니다.

6. 당신의 고백

당신은 어렵게 언니에게 연락을 취했다. 기댈 수 있는 건 그래도 언니뿐이었다. 남자가 나가고 쌀 한 톨 없이 굶었다. 먹은 것이 없으니 젖이 나올 리 없었다. 남자는 들어오지 않았다. 당신도 기다리지 않았다. 남자의 성정을 알았고 안 들어오기를 바랐다. 아기가 싸인 이불을 걷어차지 않은 게 다행이었다. 아니, 아기가 싸인 이불을 밖으로 던지기 직전이었다. 당신의 눈자위는 퍼렇게 멍이 들고 어깻죽지는 내려앉았다. 정말이지 더는 이렇게 살 수 없었다. 치욕의 날들을 더는 견딜 수 없었다. 다만 살아갈 일이 걱정이었다. 아기를 끼고서.

주소를 들고 언니가 찾아왔을 때 당신은 아기를 끼고 누워 있었다. 주인집 아줌마가 여기 이 방이라고 안내하는 소리를 듣고도 일어나지 못했다. 언니는 당신이 어디에 사는지 어떤 상황인지 몰랐다. 당신이 잘 있어, 하니 자취방에서 회사 다니는 줄 알았을 것이다. 언니는 당신의 자취방에서 누워 있는 당신과 아기를 봤다.

"세상에나……. 애가 있다냐. 낳은 지 얼마 안 된 것 같네. 이게 뭐하는 짓이냐?"

질책인지 놀라움인지 그것을 넘어선 어떤 안쓰러움인지, 그러나 말투는 이상하게 투박하게 하는 언니다운 대화법이었다. 언니가 아닌 엄마가 하는 말투 그대로였다. 엄마가 '시상에나' 였다면 언니는 '세상에나'였다.

"세상에나……. 야야, 참말로 내가 기가 막혀서……. 니가 이렇게 살고 있었냐. 참 뭣이 어떻게 돌아간 것인지 세상에, 애기가 울도 안 하네. 사는 꼴이 이게 뭐냐. 이 얼굴은 또 뭐고……. 내가 참말로 미쳐분다. 이게 뭔 짓거리고, 아야 말을 좀 해봐라. 기가 막히면 말이 안 나온다고 하더니 그래도 콧구멍이 있어서 숨이 쉬어진다야."

모든 상황은 한 장의 그림에 완벽하게 담기는 법. 언니와 이렇게 해후했다. 어떻게 돌아간 것인지 언니는 몰랐다. 부모도 형제도 모두 다……. 자취방에서 회사 다니는 줄 알았을 언니는 상황파악이 끝난 후, 넋 놓고 앉아서 울었다. 언니는 짧게 울고 일어나 방과 부엌을 살피고는 그 길로 밖으로 나갔다가 한참 후에 돌아왔다.

언니는 커다란 봉지를 들고 들어오더니 봉지에서 뭘 꺼내기 시작했다. 분유통이 나오고 쌀봉지가 반찬봉지가 사과가 배가 차례로 나왔다. 작은 더미였다. 언니는 부엌이랄 것도 없는 옆방과 같이 쓰는 간이부엌에서 석유풍로에 불을 켜고 냄비밥을 안쳤다.

"세상에나……. 내가 무슨 말을 해 그래."

언니는 서른 살을 막 넘겼을 뿐인데 엄마같이 말했다. 넋두리 같은 말버릇 때문에 엄마인지 언니인지 헷갈렸다.

당신은 아기에게 분유를 먹이고 밥을 먹었다. 아기는 처음에 분유를 밀어냈다. 언니가 말했다.

"분유가 젖보다 더 달아야. 그래서 애기가 분유 맛을 알면 젖을 안 먹고 내밀제. 아휴 조것 좀 봐. 아직 분유 맛을 모르니까 혀로 내미네. 참말로 희한하게 알아."

하면서도 새침하게 아기를 밀쳐냈다.

배가 고픈 아기는 본능에 따라 분유에 적응해갔다. 당신은 배불리 밥을 먹고 언니가 가는 것도 못 보고 아기를 안고 잠이 들었다.

사실 언니는 당신과 나이차가 십 년 이상 난데다 시집을 일찍 가서 당신과는 형제라도 친한 관계는 아니다. 당신이 어릴 때 언니는 어른이었다. 당신은 언니 등에 업혀 컸지만 당신의 기억은 가물가물하다. 언니가 하는 얘기를 들었을 뿐이다. "니는 내가 키웠제. 젖만 안 먹였지 내가 엄마다. 울 어매는 애만 낳아놨지 다 우리들 마음대로 크고 그랬제. 하기야 그때는 거지반 그랬으니까."

나이차가 있어서인지 언니와는 공통점이 없었다. 열여섯에 집을 떠나 가리는 것 없이 돈을 벌다가 스무 살이 막 넘자 시집 간 언니는 이십 대에 아이가 셋이나 되었다. 자기 먹고 살기도 바빠 친정은 있는 줄도 모르는 언니였다. 당신은 한 번인가 두 번 언니 집을 갔는데 간걸 두고 두고 후회했다. 좁아터진 방에 살림살이는 반이고 부엌과 방이 구분이 안 되고 아무 데나 똥오줌을 싸는 조카들 때문에 정신사나웠다. 언니는 하룻밤 자고 가라고 했지만 당신은 앉아 있다 나와버렸다. 나는 저렇게는 안 살아. 뭐 하러 시집은 가? 분노가 차서 견딜 수 없었고 언니 집 근처를 가도 들른 적이 없었다. 조카들을 돌봐주기는 커녕 언니랑 이런저런 대화 한 토막도 안 섞었다. 그때는 그랬다.

하루 건너 찾아오던 언니가 이상한 말을 하고 갔다. 언니의 표정은 비장하고 엄숙하고 결의에 차 있었다.

"내가 모레나 글피에 올 테니까 딱 결정을 하자. 약속해야? 오기는 틀렸어. 온다고 해도 받아주면 안 돼. 그놈 말이다. 인간은 안 변한다. 더하면 더하제…….”

“…….”

“그 성격 어디 가겠나. 말 들어보니 괴물도 그런 괴물이 없다. 그런 빌어먹을 놈을 어떻게 만났으까나. 하기사 사람이 확 돌아버리면 눈에 뭣이 씌인 것맨치 아무 것도 안 보일 때가 있더라고…….”

당신은 어떤 서러움이 들어 왈칵 눈물을 쏟는다. 한 번 나오기 시작한 눈물은 그쳐지지 않는다.

“그만 울고 내 말 들어봐야 이것아. 모질게 마음 먹어야 할 것이다.”

“…….”

“내가 알아봤는데 이 방법밖에 없어야. 지금 엄마도 몰라, 우리 식구 아무도 몰라. 니 형부까지도 완전 비밀이야. 나는 죽을 때까지도 이 비밀 지킨다. 니가 결혼을 했냐. 뭣을 했냐. 그러니 나 하잔 대로 하자. 그 방법밖에 없다. 알것제?”

“…….”

“그만 울고, 애 보내자.”

당신은 안 된다고 한다.

“혹시 아직도 그 놈 기다리는 거 아니냐? 참말 미쳤구만.”

“아니야. 그건…….”

“일단은 성심원이라고 맡아주는 기관이 있어. 내가 가보고 왔어. 거기서 애 맡고 있다가 입양 보낼 때 연락해준다고…….”

당신이 처음으로 말을 한다. 매몰차다.

"언니야. 그럴 수는 없어. 내가 키울 거야. 얼마든지 키워."

"어떻게 키워. 마음만으로 되는 게 아니야, 이것아. 세상이 그리 호락호락하면 이러고 살까 그래."

언니는 한참을 딱하게 당신을 바라보더니 싹뚝 잘라 말했다.

"내가 참 모진 말한다만, 너 기억에서 그 놈만 싹 도려내버려야, 그래야지 어쩌겠냐. 애기도 같이."

언니는 당신을 압박했다.

언니가 가고 당신은 언니의 압박을 받아들이기로 결심하기에 이른다.

당신은 언니의 말을 따르고 언니와 공범자가 되었다.

언니가 아기를 안고 당신은 언니 뒤를 따라 성심원에 갔다. 서류에 이름과 출생년도와 여러 가지를 썼다. 몇 달 후, 늦어도 일 년 안에 아기는 외국으로 가는데 어느 나라로 갈지는 모른다고 했다. 아기들을 찾는 숫자가 많아 입양이 빨리 이루어진다고……. 아기들이 가는 나라는 선진국이라고……. 미리 연락을 해줄 테니 아기에게 보낼 것이 있으면 보내라고 했다.

프랑스로 소윤이 입양되어 떠난다고 할 무렵의 홀트아동복지회의 포스터에는 이렇게 쓰여 있었다. '아이는 희망을 얻기 위해 외국에 간다.' 소윤이 가고 당신은 어디선가 이 문구를 읽었다.

7. 나의 독백

대학에 들어가기 전까지는 c시를 떠나본 적이 없습니다.

고등학교 때 단체여행으로 니스에 가봤을 뿐, 부모님이나 오빠들은 나를 데리고 어디 간다거나 먼 곳을 여행한다거나 그런 적이 없었죠. 나는 길들여진 강아지처럼 모든 것에 순응하는 쪽입니다. 사실 미지의 세계를 갈망한다거나 방랑하는 쪽은 내 성향은 아닙니다. 나는 몽상에 빠지기 좋아하는 성격이어서 외톨이를 자처할 정도로 혼자 있는 걸 즐기는 편이죠. 다람쥐 쳇바퀴 돌 듯한 일상에 안주하는 게 더 편한 것도 성격에서 기인한 것일지도 모르겠습니다. 모험심이 없는 나는, 내가 사는 익숙한 곳에서 벗어나면 두려움이 커지고 먼 곳에 대한 열망이나 방랑적 기질은 없습니다. 내 마음의 혼란이 커지기 전까지는 말이지요.

지나갈 때마다 들르곤 하는 피자가게의 로자 아줌마와 내가 이따금 가서 아기를 봐주는 일찍 결혼한 사촌 동생, 그리고 나의 거의 유일하다시피 한 친구 로잘리. 내가 아는 세계는 c시 안에서 돌아가고 나는 지극히 작고 소소한 일상의 범주 안에서 뱅뱅 돌며 살아갑니다. 이토록 넓은 세상과 무한대의 인구 속에서 내가 아는 사람은 기껏 몇 사람이라니……. 그러나 나는 생래적인 진부함에 파묻혀도 지루해하지 않고 살아가는 유형인만큼 도돌이표 같은 일상에 만족하며 살아가지요.

내 친구 로잘리는 파리에 살고 있습니다.

이웃동네 남자와 사랑에 빠진 로잘리는 결혼하고 얼마 후 파리로 이

사 갔습니다. 로잘리의 남편은 요리사인데 레스토랑 임시직 직원에서 정규직 직원이 되었습니다. 로잘리도 아이를 둘이나 낳아 키우며 직장 생활을 하고 있습니다.

나는 가끔 머리를 식힐 겸 로잘리를 만나러 일 년에 한 번쯤 파리에 가는데 만나고 오면 마치 첫 경험의 세계를 알고 오듯 오랫동안 여운이 남고 한 동안은 에너지가 생깁니다. 파리는 참 근사하고 매력적인 곳입니다. 프랑스는 리옹이나 툴루즈 같은 큰 도시도 많은데 파리의 유명함에 묻혀 다른 도시는 마치 없는 듯도 하지요.

로잘리와 만나면 우리는 서로의 파트너를 자랑하다가 곧 흉보는 쪽으로 방향을 틀어 없는 욕, 있는 욕 하고 눈물이 나올 만큼 깔깔거리며 웃다가 영화도 보고 쇼핑도 합니다. 그래봤자 파리에는 두 번밖에 가보지 않았지만요. 이것도 예전 이야기고, 내가 결혼하고 나서는 파리에는 더 이상 가지 않게 되었어요. 갈 형편이 못 된 거지요.

결혼하고 나는 연달아 아이 둘을 낳았고 직장과 육아와 엄마의 병수발을 병행해야 해서 눈이 핑핑 돌 정도로 바빠서 파리 같은 건 언제적 얘기냐 싶게 잊어버리고 살아간답니다. 내 남편 다니엘은 리옹 사람이지만 c시에 왔다가 나를 만나고 c시 근처에 직장을 얻었습니다.

8. 당신의 고백

당신의 생애, 당신의 생애를 통틀어 한마디로 압축하자면 공허, 질곡, 여윔, 그리움, 죄책감, 긴장…… 같은 연속성의 단어들일 것이다. 기쁨, 즐거움, 행복도 있었다. 어느 한 순간, 어느 몇 해 동안……. 긴장속의 팽팽하던 굵은 실이 자력에 못 이겨 툭 끊어지듯 당신은 어느 순간 미끄러졌다. 이제, 당신의 나이 만 예순하나, 당신은 소윤만을 생각한다. 모든 의식을 끌어 모으듯 소윤이라는 한 아이만을.

꿈에도 그리는 소윤을 만났지만 덜어지지 않는 죄책감에 포개어 어지럽고 뚜렷하지 않은 마음상태는 계속되었다. 만났으니 됐다, 어디 사는지 알았으니 됐다, 잘 살고 있으니 됐다, 봤으니 되었다……. 당신은 끝없이 중얼거린다.

생애 한 번도 의식하지 않았던 적이 없는 것 같았지만 또 의식하지 않고도 살 수 있었다. 아니 살아졌다. 당신은 남편을 만나고 행복했다. 남편은 소윤의 존재를 몰랐다. 당신의 어두운 낯을 보고 더 안쓰러움과 연민에 겨워 당신을 선택했던 남편이었다. 당신은 언젠가 기회가 오면 말하리라, 털어놓으리라 생각하고 있었다. 언니는 결혼 전에 당신에게 다짐받았다. "그런 말은 굳이 안 하는 거란다. 그쪽에서 알면 기분 나쁠 것이니까. 암만 당최 말하지 말그라."

다짐하며 시켰다. 그러나 당신은 아니었다. 짐 같은 기분을 안고 남편과 살았다. 소윤의 존재를 말할 기회가 안 온 것은 아니었지만 새삼스러웠다. 아이가 연달아 생겨 둘을 낳았다. 둘 다 아들이었다. 남편은 좋아했다. 남편에게 아들을 안겨주자 죄책감이 덜어지는 것 같은 기분도 들었다. 소윤은 떠오르다 잊었다. 의식 저 편에 한 번도 잊은 적 없지만, 또 반대로 잊었던 이름이다. 이름조차 소윤이 맞나 싶다.

당신은 두 아들을 결혼시켰다. 지난해와 지지난해 차례로 두 아들은 결혼하고 분가해서 당신을 떠났다. 당신은 홀가분하면서 아쉬운 마음으로 이제까지와는 조금 다른 의미로 정리된 삶을 살고 있다. 말이 없는 남편은 나이가 들면서 말이 더 많아지기는 했으나 기억에 크게 남는 실망 없이 평생을 동반자로 곁을 지키고 당신은 무난하게 일생을 살아왔다는 느낌으로 지낸다.

남편 그늘에서 당신 삶은 편안했다.

남편은 기계기술자로 월급쟁이로 살았고 퇴직을 한 후에는 고향집을 왕래하며 살고 있다. 남편은 고향의 노모가 돌아가시자 노모가 가꾸던 밭을 취미삼아 가꾸고 있다. 당신은 남편을 따라 가끔씩 고향집에 가보지만 아주 이따금일 뿐이다. 당신은 평생 남편이 벌어준 돈을 낭비하지 않고 알뜰하게 살림을 살며 가계를 늘렸다. 가정은 평행선을 달리는 그래프처럼 순조롭고 평화롭게 이어졌다. 삶은 순식간에 지나간 듯한 느낌이지만 당신은 이제 조용히 늙어갈 일만 남았다. 몇 달 전, 소윤이 당신을 찾는다고, 생모를 만나러 한국에 오게 된다고……. 전화 속의 젊은 사무원 여성의 목소리가 또렷하고 아득하게 들렸을 때……. 당신의 몸은 무중력으로 붕 떠올랐다. 곧 굵은 바늘이 찔러대는 것처럼 몸 전체로 통증이 왔다. 날카로운 통증은 당신의 몸이 울음을 운 때문이었다.

9. 나의 독백

엄마는 샤를 드골 공항에서 나와 첫 대면을 했습니다. 1973년의 새해가 막 시작된 1월이었습니다. 아기는 승무원의 품에 안겨 자고 있었는데 엄마가 받아들자 깨어났다고 합니다. 울진 않더래요. 낯선 사람을 보고도 울지 않아서 엄마는 신기했대요. 그러나 집에 와서는 며칠을 울기만 했다네요.

"인형처럼 작은 아기가 어찌나 서럽게 울던지, 달래는데 그 시간이 엄청 길었어. 우리 모두는 몹시 당황했지. 이런 소동을 겪을 거라는 걸 알고 있었는데도 말이야. 아이를 키운 지 꽤나 오래 되어서 나와 너희 아빠는 무척 혼란을 겪었지. 하기야 파란 눈들이 이리 와라 아기야, 하면서 막 달려드니 울지 않을 아기가 어디 있겠니. 나랑 먼저 친해져서 누가 오면 내 뒤로만 숨었어."

엄마는 아주 오랜 후에 내가 크자 내게 전부 말해 주었습니다.

두 살인 아기는 걷지 못하고 몹시 야위어서 누구든 안타까운 눈으로 바라볼 수밖에 없었다고 합니다. 부모님은 지인인 의사에게 나를 보였는데, 의사의 말은 "프랑스에 오기 전 고아원에서 아주 못 먹어서 발달이 늦어 걷지 못한다. 고기와 우유와 과일을 많이 먹여라" 하고 충고했답니다.

엄마가 신경써서 먹이자 한 달 후에 아기는 거짓말처럼 걷기 시작했다네요. 아기는 걷고 말문이 트이자 빠르게 언어를 배웠습니다.

"겨우 섰던 아이가……."

엄마는 겨우 섰던 아이가,를 두세 번 되뇌어 말하는 걸로 나에 대한 연민의 감정을 숨김없이 표현하곤 했습니다. 그래서 엄마는 한국이 아주 못 사는 나라라고 여깁니다, 아직까지도. 한국에 대한 연민과 발달하지 못한 나라라는 인식에 사로잡혀 있지요.

"실비아, 너는 아주 조그만 아기였어."

엄마는 또 이렇게 덧붙입니다.

"널 드골 공항에서 처음 봤을 때 너무나 사랑스러워서 그 순간을 잊는다는 건 상상도 못할 일이야. 너무나 동양적이었지. 즉시 사랑이 생기더구나."

그러나 이 말은 일부러 빠뜨렸다는 걸 나중에 알아야 했습니다. 후에 나는 사촌인 루시에게서 이런 얘기를 들어야 했으니까요.

"실비아, 너의 부모는 캄보디아의 아이와 너 중 너를 골랐단다. 두 장의 사진을 미리 보고 한 아이만을 선택해야 했거든."

"그 나라는 이제 좀 살지? 그러나 아직 열악한 환경은 여전히 존재하는 것 같더구나. 고아원도 아직 있을 테고, 어디나 나쁜 사람은 있는 법이고 부모라도 나쁜 부모도 있는 법이니까. 세상에는."

엄마는 그 나라는 아직도 입양을 많이 보낸다니? 라거나, 잘 사는 나라가 됐으니 입양 따위는 이제…… 하고 끝맺음을 남겨놓는 부정적인 말까지는 안 했지만 엄마의 표정에서 행간의 말은 충분히 읽혔습니다.

어쨌든 나는 쑥쑥 컸고 학교를 다니고 문학을 좋아하는 소녀로 자랐습니다.

엄마는 언제나 실비아, 하고 나를 불렀습니다.

"실비아, 집에서는 항상 옷을 단정히 입어라. 신발을 벗으면 안 된다. 맨발은 남에게 보이는 게 아니란다. 잠 잘 때는 잠옷을 입고 일어나면 침대를 잘 정돈하고 식사 때는 손을 깨끗이 씻고 식사시간을 지켜야 한다. 오빠들도 다 그렇게 하잖니, 우리는 너를 사랑한다. 네가 바르게 자라도록 도와주는 것은 우리의 의무야."

다 큰 오빠들은 독립을 해나갔고 나는 늙어버린 부모님 밑에서 성실하고 충실한 하녀처럼 부모님의 기대에 맞춰 살았습니다. 아버지는 갑자기 쓰러져서 거동을 못하고 휠체어에 앉아 계시다 2년 후에 갑자기 돌아가셨습니다. 나는 밝은 성품은 아니지만 다소곳하고 착하고 말 잘 듣는 아이로 부모님께 비쳐졌습니다. 나는 이 현상을 유지하기 위해 상당히 노력했습니다. 나는 이 사실이 부모님이 꼭 알아야 할 필요는 없다고 생각합니다. 이것은 전적으로 내 문제이니까요.

나는 혼자 있을 때는 이상하게 슬퍼져서 고양이처럼 몸을 웅크리고 책만 읽었습니다. 어릴 적의 나의 영혼은 리아스식 해안처럼 구불거리고 생각이 뒤엉키고 불안에 사로잡힌 아이였습니다. 양부모님은 차분하다고 칭찬했지만 실은 나는 전혀 차분하지 않았습니다. 늘 행동을 머리에 주입시켰습니다. 내 머릿속에는 메모장과 정리함이 들어 있어서 나는 필요할 때 머릿속의 메모장을 꺼내 찬찬히 되풀이 읽고 나서야 말과 행동을 했습니다. 나는 이 현상 또한 유지하기 위해 상당히 노력했습니다. 부모님께는 칭찬을 듣고 오빠들한테는 귀여움을 받는 것은 내게 아주 중요했거든요.

이따금 혼자 있을 때, 바람 때문에 덧문이 흔들리고, 바람 때문에 책상의 종이가 날아갈 때, 나는 신경쇠약증 환자처럼 신경이 곤두서서 어쩔 줄 모르고 서성이곤 했지요. 나는 내가 미친 줄 알았습니다. 내 속에는 잦아들지 않는 바람이 불었어요. 식구들과 타인들의 눈에는 띄지 않으나 내면의 혼란은 가시지 않고 커가기만 했습니다.

여름에도 덥지 않고 그늘에 가면 서늘함이 느껴져서 여기는 살기가 좋은 곳이죠. 밤이 되면 한기가 들 정도로 담요가 필요하고 책을 읽을 땐 무릎을 덮어줘야 해요. 내가 책을 읽다 잠들면 엄마는 담요를 내 무릎에 덮어주고는 했어요. 아버지가 돌아가시고 집이 더욱 적적해지자 엄마는 내게 의지를 하기 시작했어요. 어느 땐 밖에 절대 나가지 말라고 고함을 치기도 하고 일부러 손님을 초대해 잔뜩 일거리를 만들기도 하고 말이죠. 엄마는 나에게 의지했지만 의지를 넘어선 전적인 의존이었습니다. 엄마는 갑자기 늙어버려 사교모임도 취미도 지쳤고 삶의 의미를 모른다고 투덜대다가도 충동적으로 옷장 속의 옷을 전부 꺼내놓고 방 안을 난장판으로 만들어 버리곤 하지요. 뒷감당은 내 차지여서 나는 미쳐버릴 노릇입니다. 나는 취미도 데이트도 직장도 포기해야 했습니다. 권태로운 삶의 연속이었어요. 시간은 흐르지 않고 정지돼 있고 엄마의 병이 눈에 띄지 않게 서서히 깊어지고 나는, 내가 살기 위해 엄마 눈을 피해 미술관에 하루 몇 시간씩 아르바이트를 나갔습니다. 참든지 말든지 하는 어떤 오기가 맹렬히 치솟았던 것 같아요. 그즈음, 다니엘을 만나게 되었습니다.

미술관이었어요. c시의 미술관…….

여름이어서 코클리코가 잔디 위에 무더기무더기 피어 있던 미술관의 앞뜰에서…….

정신이 혼미할 정도로 더운 여름날이었지요. 프랑스 남부는 대체로 여름에는 서늘한 편인데 그해 여름은 일찍부터 더위가 찾아오고 그날따라 숨막히게 더웠습니다. 손에서 떨어진 지갑 속의 동전이 굴러가고, 찾는다고 내가 차의 시동을 걸어놓은 채로 호들갑을 떨 때, 그는 막 미술관을 나와서 주차장을 지나다가 내게 소리쳤습니다.

그가 숙였던 몸을 일으키며 "하이, 찾는 게 이거 맞아?"

주차장과 연이은 잔디밭은 코클리코가 흐드러지게 피어 있고 날은 덥고, 내가 고개를 들고 그를 올려다봤던가…….

"안에서 본 그 사람 맞지? 조금 전까지 홀 안에 있었잖아? 자 받아."

마치 알던 사람에게 하듯 동전을 던져주며 그는 스스럼없이 내게 말을 걸었습니다. 나는 몇 초간 그대로 서 있었습니다. 갑자기 어느 먼 곳으로부터 큰소리가 들려오기 시작했습니다. 내 안에서 쿵쿵 가슴이 뛰기 시작한 겁니다.

"이 동전 맞지. 자 여기."

내가 정신을 차렸을 때 그는 내 손바닥 위에 동전을 쥐어주고 내 손가락을 오므려준 후였습니다. 몹시 키가 큰 남자였습니다. 하늘의 푸른 빛 위에 키 큰 남자의 실루엣이 검고 커다랗게 걸쳐져 있었습니다.

가슴 뛰는 소리가 들킬까봐 겁이 나서 나는 얼른 말했습니다.

"흠. 고마워, 일 끝나고 나왔어. 그런데 유는?"

나도 아까 미술관 안에서 스친 듯한 기억이 났어요. 그는 관람객이고 나는 직원이니 아까는 무심히 스쳤던가 봐요. 미술관은 파트타임으로 보수가 적어 나는 직장으로 삼을 만한 일자리가 아니라고 생각했지만, 엄마의 병이 점점 깊어지고 있었기 때문에 하루 종일 근무하는 곳보다 시간이 좋은 미술관에 숨통을 틔우기 위해 단기 아르바이트 중이었던 거지요.

그때만 생각하면 코클리코에 섞여 흰색 마거리트도 까치수염도 흰 톱풀도 피어 있었겠지만 유독 붉은 코클리코 꽃무덤만이 다인 듯 내 머릿속에는 덥던 여름날과 아찔하게 붉은 코클리코 꽃만이 남아 있습니다. 코클리코의 선명한 컬러가 내가 그를 각인하는 어떤 계기가 될 줄이야.

내가 차에 타자 그는 호감 따윈 없이 툭 던지듯 시내까지 간다면 좀 태워줄 수 있느냐고 물었습니다.

"물론, 가는 길이니깐……."

나는 대답했습니다. 어차피 나는 시내의 마켓에 들렀다가 집으로 빨리 돌아가야 했으니까요.

다니엘과의 만남은 이렇게 시작되었습니다. 저돌적인 그의 태도가 싫지 않았고 그보다 먼저 그를 보고 내 가슴이 뛰었고……. 아니 실은 코클리코의 붉은 꽃무더기를 배경으로 그의 큰 키가 무척이나 어울렸던 게 먼저였거든요.

그때쯤 엄마는 병이 깊어져서 우울해하는 시간이 늘어나고 나를 잠깐도 못나가게 하고 나를 못살게 굴 때였지요. 내가 눈에 안 보이면 잠시라도 못견뎌하며 나를 찾아 소리소리 질러댔습니다.

"실비아, 어디 있니? 카모마일 차를 끓인다더니 날 새겠구나."

"실비아, 덧문은 열어놓았니. 바람 한 점 없어서 어디 가을이 올 것 같지 않구나."

"실비아, 등이 가렵다고 얘기한 것 같은데 여태 넌 뭐하고 있는 거냐."

등등 끝이 없었습니다. 그즈음 나는 아침에 눈을 뜰 때마다 살아야 하는 이유가 뭘까, 잠깐씩 그딴 생각에 빠져 잠자리에서 겨우 일어나곤 했으니까요.

10. 당신의 고백

당신이 한 여자의 자궁에 착상되었을 때는 전쟁이 끝나기 한 해 전이었다.

끔찍한 전쟁이 아웃되고 당신은 태어났다. 이념의 대립은 씻을 수 없는 상처를 내고 나라는 두 동강이가 난 것으로 결론나고 지긋지긋한 전쟁이 끝나고 드디어 평화가 찾아온 것이다. 어쨌거나 당신은 시대상황의 축복 속에 태어났다.

생기는 대로 아이를 낳은 당신의 엄마는 당신이 태어나자 별 감흥 없이 아기를 받아 안았다. 양수가 터지고 산통마저 없이 쑤욱 당신을 낳았다. 애 하나는 쉽게 낳는 타고난 체질이라면 체질이었다. 여자아이라서 서운한 감이 없지 않았지만 할 수 없는 일이었다. 내리 딸과 아들 둘을 낳았던 터라 의례적으로 받아들이고 윗목으로 밀치고 잠이 들었다.

당신은 순하기로 소문이 났다. 언니와 오빠 등에 번갈아 업혀가며 쑥쑥 컸다. 형제들 사이에서 있는지도 모르게 순둥이로 자랐다. 당신의 부모는 날만 새면 들에 일하러 나갔기 때문에 당신은 분위기를 아는지 엄마를 도우느라 그랬는지 별 탈 없이 무럭무럭 컸다.

당신 위로 언니와 오빠 둘이 있었다. 당신이 크는 동안 나라는 많은 변화와 굴곡이 있었지만 당신이 사는 촌은 지독히 무지했고 가난했고 평화로울 뿐이었다. 전쟁이 아웃되고 나라 돌아가는 일이 신문에 나고 뉴스에도 났지만 촌에 살던 당신 부모는 먹고 살기 바쁘기도 하고 라디오도 없어서 정치 따윈 어떻게 돌아가는지 알 바 아니었다. 엄청난 기근에 시달리던 동네 사람들 모두 다 농사만이 가장 중요했다.

당신이 태어나고 늘 먹을 것이 부족했던 집은 입 하나가 더 생기자 부모는 걱정부터 앞섰다. 입이 많으니 아버지는 허리 펼 새도 없이 남의 땅을 부치고 어머니는 어머니대로 아이들을 내팽개치고 남의 집 품앗이를 가리지 않고 했지만 궁기는 가시지 않았다. 마을 사람 대부분이 비슷한 처지여서 남부끄럽지 않은 게 다행이었다. 자존심이나 스트레스 같은 단어들은 생기지도 않을 때였다.

당신 밑으로 남동생과 여동생이 각각 태어났다.

부모의 가난을 일찌감치 터득해 자립정신이 스스로 생겨난 아이들은 크기도 전에 촌집을 떠나 살 길을 찾아갔다. 부모는 입을 덜기 위해 자식들이 상경하는 걸 모른 체했다. 자식이 남의 집 식모나 하인 일을 한다고 해도 모른 척했을 분위기였다.

당신은 언니 오빠가 떠난 자리를 지키며, 언니 오빠가 하듯 동생들을 돌보며 학교를 다녔다. 고집을 부려 중학교에 들어갔다. 도중에 그만두라는 부모의 말을 여러 번 들었지만 당신의 쇠고집을 꺾지는 못했다.

근근이 중학교를 졸업했다. 고등학교를 가고 싶었지만 나아지지 않는 형편에 막무가내일 수는 없었던 당신은 친구들에 섞여 도시로 나왔다. 돈을 벌어 고등학교도 대학교도 갈 작정이었다. 당신은 공부가 하고 싶어 한이 서렸다.

당신은 직물공장에서 실꾸리를 감았다. 출근하면 한 라인에서만 왔다갔다 하며 여덟 시간 이상 실의 매듭을 짓고 지었다. 자주 잔업을 했다. 삼교대를 하며 기숙사 생활을 했다. 한 달에 한 번쯤 외출을 하고 명절에는 고향집에 다녀왔다. 월급을 꼬박꼬박 모아서 통장에 저금이 쌓여갔지만 일부는 고향집에 부쳐서 액수는 금방금방 불지 않았다. 당신은 다른 처녀들처럼 알뜰하게 저축을 하며 야간 고등학교라도 알아볼까 생각하고 있을 즈음, 우박처럼 당신에게 첫사랑이 찾아왔다. 고등학교도 대학교도 꼭 가고야 말겠다는 꿈도 잠시 잊을 만큼 남자가 좋았다. 남자는 당신 인생의 전부가 되었다. 기숙사를 나와 남자와 동거를 시작했다. 그것이 당신 인생 통틀어 일체라고 불러도 좋을, 참 좋은 시절이었다. 당신이 임신하기 전까지는.

당신은 남자와 살면서 참 좋았다.

당신은 소윤을 임신했다.

사소한 것에서 시작된 마찰에서 남자의 본색이 드러나기 시작했다. 어느 날 별 것 아닌 것에 남자가 당신을 때렸다. 때리는 횟수가 잦아졌다. 남자는 거칠었다. 말보다 손이 먼저 올라가는 사람이었다. 성질이 급하고 사나워서 누구라도 함부로 대하지 못했다. 생긴 것과 달랐다. 남자는 당신이 임신한 걸 알자 짐승처럼 포악해졌다. 남자의 말에 토를 달고 원치 않은 임신을 하고 그런 모든 것에 대한 트집을 폭력으로 행사했다.

남자는 임신을 당신의 부주의로 몰아갔다. 아이를 지우라고 대놓고 말했다. 당신은 견뎠다. 아이를 낳으면 남자도 좋아할 거라고 믿었다. 당신의 배가 불러 티가 나자 남자는 들어오지 않았다.

당신은 혼자 아이를 낳았다. 아이를 안고 남자 부모의 집으로 찾아갔다. 얼마 후 남자는 당신에게 돌아왔다. 아기는 예민한지 자주 보챘다. 막 태어난 아기가 있는 집이 그렇듯 낮과 밤이 구별 안 되는 상황이 이어졌다. 상황을 견뎌야 하는 인내심의 한계를 남자는 빨리 드러냈다. 참고 기다려야 하는 문제였다. 아기가 어느 정도 클 때까지는. 한성깔 하는 남자의 성정이 여실히 드러나고 남자는 다시 거칠어지기 시작했다. 남자는 분노를 삭이지 못해 당신에게 터뜨리고 소윤에게 터뜨렸다.

다시 폭력이 시작됐다.

있는 대로 세간을 부수고 폭력을 휘두르고 나간 남자는 들어오지 않았다. 더 이상 물고 늘어지기에는 정신적, 육체적 피멍이 크고 감당할 자신이 없었다. 물고 늘어지는 게 비참한 게 아니라 살아갈 일이 적정이었다. 저번처럼 돌아온다고 해도 잠시잠깐일 게 뻔했다. 또 다시 남자 부모 집에 찾아가는 것은 헛수고 같았다. 당신의 꿈은 허상인 듯 모래성처럼 무너져 내렸다. 당신의 인생은 스무 살이 마지막이듯 사라져 버렸다. 당신의 나이 스물한 살, 미혼모의 삶이 시작되었다.

11. 나의 독백

부모님과 오빠들은 친자가 아니라서 겪는 차별이나, 냉대, 폄하는 없었습니다. 오빠들의 경우 무관심은 좀 있는 편이었지만, 평등했지요. 지나치지도 모자람도 없이…….

나는 오빠들과 똑같이 부족하지도 넘치지도 않게 용돈을 받았고 부모님의 가르침대로 꼭 필요한 곳에만 돈을 썼습니다. 부모님의 교육관과 가치관은 전형적인 프랑스인의 승계를 따르고 다소 보수적인 경향이 강했고, 나 역시 그분들의 가르침대로 자유로움 속에 예의를 지키고 합리적인 사고방식과 검소와 절약을 배웠습니다.

나는 속마음을 숨긴 채 행동했고 혼자 있을 때는 크나큰 상처를 입은 짐승처럼 자학했습니다. 나는 한동안 식구들 몰래 담배를 피우고 집 밖으로 나가기를 거부하고 웅크린 짐승처럼 고독하게 지냈습니다. 식구들은 내성적인 내가 방 안에 틀어박혀 책을 읽고 음악을 듣고 혼자만의 세계에 빠져 지낸다고 나를 방해하지 않고 존중해주었습니다.

나는 내가 겪은 따돌림과 이상하게 나만 나타나면 쥐죽은 듯 조용해지던 학교 분위기에 대해서 식구 어느 누구에게도 말하지 않았습니다. 나는 외모뿐만 아니라 쭈뼛쭈뼛하는 성격까지 그 애들과 완전하게 달라서 나를 몹시 괴롭히던 남자아이와 여자아이들, 그들은 그룹으로 모여 나를 가지고 장난치고 물건을 빼앗아 발로 짓밟았습니다. 나는 점점 더 혼자만의 세계로 들어간 날들이 늘어나고, 선생님마저도 그런 행동을 모른 체한다는 것을 알았을 때……. 나는 그럴 때면 더 깊은 고립 속으로 들어갔고 방 안에 틀어박혀 잠을 자거나 책을 읽어댔습니다. 오로지 책 읽는 것만이 일거리의 전부라는 듯, 책 읽는 것으로 그 시절을 견뎌나갔습니다.

내가 기억하는 오빠들은 처음부터 어른이었습니다. 오빠들과는 열세 살 이상 차이가 났고, 오빠들은 내가 열 살도 되기 전에 둘 다 독립해서 집을 나갔습니다.

그런 환경에서도 나는 점점 자라서 사춘기가 되고, 오빠들처럼 독립하고 싶었으나 엄마 눈치만 보고 있었습니다. 아버지가 돌아가시자 엄마는 극도로 우울하고 나약해졌습니다.

엄마는 나를 필요로 했습니다. 급기야 엄마는 나 없이는 아무 것도 할 수 없게 되었지요. 내 손을 빌리지 않고는 집안 일은커녕 몸 씻는 일도 귀찮아 했습니다. 오빠들은 나를 생각해서 양로원에 모시자고 했고 또 프랑스에서는 대개가 그렇게 했습니다. 나는 내가 하고 싶다고 주장했습니다. 어쩌면 내 의식 밑바닥에는 엄마에 대한 부채감이 있었는지도 모를 일입니다. 그렇게 속으로 욕을 하면서도 돌봐주겠다고 자청하다니, 이중의 내 마음에 때론 나도 의아해하면서 또 끝없이 중얼거리면서 말이에요.

"실비아, 어제 끓인 스프는 냉장고에 넣었을 테니 미리 꺼내놓아야 하지 않겠니. 너무 차가운 것은 싫구나."

"내 방 옷장 문을 열면 보석함에 루비 반지가 있을 테니 가져 오너라. 실비아에게 주마. 너에게 잘 어울리는 반지가 되겠구나."

엄마는 기력이 떨어지는 만큼 내 눈치를 보고 의지하는 만큼 나에게 약간의 호의를 베풀고, 아무튼 평정심을 잃고 조울증 환자처럼 안절부절못할 때가 많았습니다. 나는 가만히 서서 젊을적 기품을 점점 잃어가고 있는, 늙어버린 엄마 모습을 아무런 느낌 없이 비디오처럼 바라봐야 했습니다.

엄마는 딸을 기르고 싶었고 더불어 동양인의 얼굴빛을 흠모해서 나를 입양했고 의무를 다해서 나를 기르면서 만족해했습니다. 검은 눈과 검은 머리카락과 빈틈없이 동양인인 나를 기대에 차서 바라보던 엄마. 나는 엄마의 태도에서 알 수 있었어요. 이를테면 말이지요. 아주 맘에 든 인형을 손에 넣었는데 인형에게 말을 가르치며, 말하라고 윽박지르고 억지 부리는 철없는 여인이었는지도 모를 일이죠. 내가 너무 오버했나요?

엄마는 내가 외출하면 돌아오기만 기다렸고, 집에 오면 버릇처럼 나를 한국에서 데려오던 순간에 대해서 이야기하기를 즐겼습니다.

"실비아, 너는 아주 조그만 아기였어. 너무나 동양적이었지. 너를 보는 순간 즉시 사랑이 생기더구나."

노인이 되면 했던 말을 되풀이하고 하찮은 잘못에 대해서도 용서를 빌고 극도로 나약해져 눈치를 보게 되는 법이라는 걸, 엄마를 통해서 알아야 했습니다.

엄마는 딸을 기르고 싶어 나를 입양했지만 내가 클수록 첫 마음과 달리 나를 하녀 취급했습니다. 아버지는 대체로 밖의 일에 전념하고 사업상의 일거리가 많았고 여장부 같은 엄마 또한 사교모임에 비중을 두는 생활을 하셔서 집안은 주말을 빼고는 늘 썰렁했지요. 부모님은 나를 위해 정신과 치료를 해줄 만큼 헌신적인 정도까지는 아니셨어요. 내 병이 드러난 병이 아니고 마음을 앓았기 때문에 대수롭지 않게 넘어갔을지도 모를 일이고, 나 또한 한 번도 내 속병을 얘기한 적이 없었으니까요.

그때 만약 내 곁에 로잘리가 없었다면 나는 아마 나도 모르는 사이에 팔목에 상처 하나쯤은 냈을지도 모릅니다. 로잘리는 주근깨가 많고 얼굴이 붉고 목소리조차 아기 목소리를 가지고 있는 귀염상의 앳된 얼굴인데 마음은 언니 같은 친구입니다. 로잘리는 친구지만 나의 대모인 듯 사려 깊고 배려심 많아서 나는 로잘리를 꼭 언니처럼 느끼고 의지했습니다. 파란 눈의 로잘리……. 로잘리는 진정 소울메이트라고 하기에 모자람이 없습니다.

내가 가슴속의 억눌린 분노를 누르지 못할 때, 나도 나를 어쩌지 못할 때, 나는 부모님께 말 한마디 없이 편지만 남긴 채 인도 여행을 갔었죠. 부모님께 전해주라는 편지만 로잘리에게 남긴 채. 로잘리는 그런 나를, 내 모든 것을 이해한다는 듯, 나를 보듬어준 세상에 하나밖에 없는 친구인 것입니다.

이제 더 이상의 방황은 없는 듯합니다. 어른이 되었으니까요.

나는 경제적으로는 아니지만 심적으로 인생의 가장 깊은 바닥을 치고 내려가 보았어요. 십대를 온통 바닥으로 보낸 거 같아요. 절망의 끝은 그냥 어두움뿐이었어요. 절망 끝에 이르게 한 원인도 물론 나 자신이었고요. 그 모든 것은 내가 만든 감옥이고 내가 자초한 결과물이었지만요. 이 모든 것은 현실을 받아들이지 못하는 어리석음 때문이기도 했어요.

이상하게 타국의 부모를 생각한 적이 없습니다.

알지 못하는 어떤 형식의 얼굴이 떠오르다가 멈추고, 멈추면 더 이상 진전이 되지 않는 순환의 반복이었던 적은 있지만……. 내가 여자라서 그런가. 아버지 쪽보다는 어머니 쪽이 몇 번 떠오르다 말았지요.

밖으로 그리워한 적 없고, 내 속의 나를 궁금해한 적도 없는 것 같은데…….

그냥, 그냥 내 외모가 싫어서 나를 학대하는 심리적 방황과 맞물리는 어떤 것, 내 속의 소용돌이를 방황이라고 한다면 그것과는 분명히 차이가 있을 테지만, 이를테면 이유 없이 신경질이 나고 자학하는…….

내가 가슴속에 품은 억눌린 분노를 누르지 못할 때, 오랫동안 감추어 온 내면에서 폭발한 분노를 내려놓지 못하고 나 자신에게 퍼부을 때 하는, 그런 행위와 맞물리는 것. 예컨대 아기를 버리는 행위 같은 건 극한 상황에 처했을 때 하는 행동이지 않았을까요. 아아. 더 이상은 말을 하기가 싫군요.

12. 당신의 고백

당신이 결혼 날을 잡을 즈음, 남자의 소식이 들려왔다. 동거하는 여자가 나가고 또 다른 여자와 살림을 차렸다는. 이 여자한테는 성질 안 부리고 잘해준다는. 이 여자한테는 웬일인지 꽉 잡혀서 산다는…….

"맞수를 만났나 보다."

길거리에서 우연히 마주쳐 안부를 전해주는 옛 회사 동료는 당신의 임신 사실도 소윤을 낳은 사실도 모르는 모양인지 그렇게 말을 했다. 그러면서 옛 동료는 안쓰럽게 당신을 바라봤다. 당신은 얼른 이 자리를 피해야겠다는 생각밖에 안 들었다. 마음이 급했다. 핑계를 대야했지만 아무 생각도 떠오르지 않았다. 회사 동료가 말했다.

"지금 어디 살아? 한 번 놀러갈까?"

당신이 입속에서 무슨 말인가를 우물거리며 표정이 굳어지는데도 동료가 또 말을 이었다. "혹시……. 니들 전에 썸씽 있지 않았어? 그런 소문 들은 것 같은데?"

당신은 고개를 저으며 애써 침착해지려고 노력했다. 다음 순간 꿋꿋하게 마음을 놓은 당신은 먼 남의 얘기처럼 그러려니 하자, 마음을 다잡았다. 잠깐 가슴이 울렁거려 욕지기가 나올 뻔했지만 무심한 척, 어쨌든 헤어질 궁리를 찾아야 했다.

"저기……. 빨리 가볼 데가 있어서……. 다음에……."

당신은 간신히 의사표시를 했다. 동료의 표정이 샐쭉해지는 것을 당신은 봤다. 동료가 저만큼 가다가 당신 쪽으로 고개를 돌리려는 찰나 당신은 재빨리 골목으로 들어가버렸다.

당신이 결혼하고 아들을 낳고 또 아들을 낳고…….

당신의 세월이 흘러가고 있을 때, 풍문으로 다시 남자의 소식이 들려왔다. 남자는 동거하는 여자와 결혼식은 안 올리고 혼인신고만 하고 산다는 소문이었다. 바람 같은 남자의 마음을 후려잡은 여자는 대가 세서 아무도 함부로 못한다는, 아주 아주 센 여자라고.

당신이 결혼을 하고 아들 둘을 낳고 세상의 모든 여자들 같은 평범하고 안락하고 소소한 일상에 매여 밥을 하고 집을 치우고 시장을 보고 학부형이 되고 그렇게 살아가고 있을 때, 먼 곳의 바람처럼 또 다시 풍문이 들려왔다. 남자는 의문의 교통사고를 당해 그 자리에서 즉사했는데, 남은 여자가 어마어마할 정도로 거액의 보험금을 받았다고.

당신이 소윤을 찾을 궁리를 하게 된 건 큰아들이 고등학교에 들어갈 무렵이었다.

당신은 새벽의 섬뜩한 빗소리에 잠에서 깨어났다. 마음을 뒤흔드는 요란한 빗소리였다. 불현듯 소윤이 떠올랐다. 어쩌면 당신은 세월 속에서 거의 잊고 지냈던, 하여간 다 잊을 뻔한, 한 아이의 존재를 떠올리고 소스라치게 놀랐다. 새벽 빗소리 속에서 희미하게, 차차로 강렬하게 소윤을 발견해낸 것은 잊을 수 없는 마법과도 같은 순간이었다.

아무도 눈치채지 못하게 조심조심 살아온, 당신의 슬픔이 새벽 빗소리에 담겨 있었다. 비밀을 가지고 산다는 것은 새벽 빗소리처럼 혼자 깨어 있는 고독함일 거였다. 어마어마한 비밀과 짓눌림을 안고 사는 아득한 고독 말이다.

당신은 망설임 끝에 성심원에 가보았다. 가보는 것만으로도 어떤 그리움이 덜어지는 것 같고 만난다는 기대가 생기는 듯도 했다. 먼발치서 성심원 건물을 보고 돌아오기를 몇 번, 당신은 어느 하루, 긴장의 줄을 더 이상 견딜 수 없어서 성심원 안으로 슥 들어서고 말았다.

당신의 부끄러워하는 모습을 가만히 지켜보던, 당신 또래의 첫 낯의 원장이 당신 손을 잡아주며 말했다. 홀트아동복지회에 가서 등록을 해놓으면 먼 훗날이라도 애가 찾아오면 만날 수 있다고, 혼자 가기 힘들면 함께 가주겠다고.

당신은 고개를 끄덕였다.

먼 훗날……. 당신은 기약 없는 먼 훗날을 허공에 되뇌다가 풀썩 땅에 주저앉았다.

당신의 이십대는 있는 듯 없는 듯 지나가고 있었다.

두 번쯤 남자를 사귀었지만 기억도 희미할 만큼 남자가 좋아지지 않았다. 당신은 전자회사에서 납땜일을 했다. 오디오와 라디오 부품을 조립해서 납품하는 회사였다. 회사에서 친하게 지내던 동료 언니가 당신에게 한 남자를 소개했다. 그는 당신을 알고 있다 했다. 그는 상처를 하고 재혼을 할 거라 했다. 아이는 없다 했다. 조그만 회사에서 성실하게 일하는 사람이고 기술자인데 나이가 좀 많긴 한데, 그게 흠이지만 사람만은 진국이라 했다. 출근길에 당신을 봤고 친지인 동료언니에게 청을 넣었다 했다.

그는 선한 인상이었다. 그가 당신 앞에서 한 첫 말은 이거였다.

"내가 염치가 없긴 합니다. 그쪽은 처녀인데 당최 미루기만 하면 당신이 어디로 가버릴 거 같아서 ……."

당신은 처음엔 안 된다고 했다. 그러나 그가 두 번째로 완곡한 청을 넣었을 땐 생각해보겠다고 했다.

"아직 결혼을 안 하신 거 보니 눈이 상당히 높은 분인가 봐요."

겸연쩍어하며 그가 말했다. 당신은 이때 말했어야 했다. 소윤의 존재를 알리고 언제라도 꼭 찾아야 한다고, 나는 처녀가 아니었다고……. 말이 안 나왔다. 굳이 할 말이 아닌 것도 같았다.

당신이 주저하는 것을 안 동료언니는 적극 거들었다.

"나이가 좀 많아서 그렇지 법 없이도 살 사람이고 무엇보다 월급 꼬박꼬박 나오는 기술자잖아."

만날수록 인상만큼 선한 사람이었다. 당신은 그에게 기대기로 했다. 당신이 크게 데이고 가장 싫어하는 바람기와 폭력성이 없어서 허락했던, 천성이 착하고 나이가 좀 많은 사람……. 당신은 남편을 사랑하려고 노력했다.

13. 나의 독백

다니엘을 만났을 때는, 십대 때와는 다르게 마음의 평온이 찾아온 후였지만, 병든 엄마가 내게 쏟는 집착으로 인해 나는 엄마에게서 벗어나고 싶어할 때였어요. 십대 때와는 완전히 다른 종류의 새로운 번민이 찾아온 겁니다.

삶이란 계속해서 난관이 생기고 나를 억누르지 않으면 안 되는 상황의 반복이란 걸 알게 되고 삶은, 미래는, 참 알 수 없는 것이니 그때그때 삶의 여러 가지 문제들을 해결하지 않으면 안 되는 것을 뼈저리게 느껴야 했던 때이기도 했습니다. 나는 이런저런 인생의 과정에서 겪게 되는 사소하면서 중요한 일, 부딪혀 해결하거나 피해가는 길을 알게 되었습니다. 나는 나이 먹어가면서 삶을 다루는 법을 체득한 것이죠.

다니엘의 이야기를 할 때가 된 듯합니다.

미술관에서 다니엘을 알게 된 후로 우리는 자주 만났습니다. 서로에 대해 통한다고 일치된 생각의 의견을 교환하고 나니 만날수록 다니엘이 좋아졌습니다. 다니엘은 공정기관에서 일한 경험 때문인지 내 외모나 출생에 대해서는 개의치 않았습니다. 그 문제는 다니엘에게 당연한 것이었죠.

다니엘은 나를 만난 이후, 리옹의 고향집을 떠나 내가 사는 c시 근처에 직장을 구했습니다. 여행을 좋아하는 다니엘은 내가 사는 c시의 미술관에 들렀다가 나를 만나게 되고 직장까지 옮기게 된 것입니다.

다니엘은 엄마와 둘만 사는 우리 집으로 들어와 함께 살기 시작했습니다. 다행히 엄마와 오빠들은 다니엘에게 호감을 가지고 환대해 주었습니다.

큰아이를 임신하고 우리는 결혼식을 올리자고 합의를 보고 시청에서 조촐하게 결혼식을 올렸습니다. 번거로운 것을 싫어하는 우리 둘의 성향은 같아서 성당 결혼식은 생략했습니다. 사촌과 로잘리가 나의 들러리를 서고 다니엘의 고향 친구들이 그의 들러리를 섰습니다. 여느 프랑스인들처럼 가족과 가까운 친지와 들러리를 선 친구들만을 초대한 결혼식을 치르고 집에서 파티를 하는 걸로 결혼식은 간단히 끝났습니다.

큰아이가 태어나고 자라고, 또 한 아이가 태어나고, 엄마의 병세는 더 심해져가고, 나 역시 직장과 육아와 그 과정 중에 오빠들과 합의 하에 엄마를 요양원으로 보내게 되었습니다.

다니엘과 결혼하고, 나는 내가 태어나서 처음으로 두려운 마음없이 안정된 마음을 갖고 생활하게 됐다는 걸 깨닫게 된 때였던 것 같습니다. 나는 어디를 가든지 무엇을 하든지 마음속 잦아들지 않은 바람소리 같은 건 먼 과거처럼 까맣게 잊고 지냈으니까요.

아이를 둘 낳고 의무휴가를 다 쓰고 복직을 하고, 정신 없으면서 평온한 일상이 흐르던 어느 날, 다니엘이 심각하게 말을 걸어왔습니다.

당신에겐 모국이 있다고, 실비아의 모국에 가보지 않겠느냐고.

나는 사실 다니엘이 꺼낸 모국이란 단어에 큰 충격을 받았습니다. 그래, 나에게는 모국이란 게 있지.

나는 처음엔 보이콧했습니다. 다니엘은 그런 내가 이상하다고 말하면서 일단 한국 여행을 하자고 내게 적극적으로 권유했습니다. 나는 다니엘의 권유를 받아들이고, 아이들을 데리고 다니엘과 한국에 여행을 오게 됩니다. 실은 굳이 오고 싶지는 않았습니다. 다니엘의 완곡한 권유가 아니었다면요. 열흘 일정으로 무작정 여행 삼아 한국에 왔는데 생부나 생모를 꼭 찾겠다는 의지가 그때까지도 약했습니다. 그러나 막상 한국에 오니 마음이 달라지기 시작했어요. 찾기가 꽤 어렵다는 걸 알고 다시 프랑스로 돌아가 차근차근 계획을 세우게 되었습니다.

다행히 엄마의 장롱에는 나의 입양 당시의 기록들, 고아원과 생일과 외모의 특징 등이 기록된 문서가 간직되어 있었습니다. 엄마는 심지어 내가 한국에서부터 입고 왔던 옷도 보관하고 계셔서 다니엘과 나는 감동의 눈빛을 교환할 정도였죠.

엄마는 그 당시 우울증의 후유증으로 실어증에 걸렸지만 나의 상황을 아시는 듯했어요. 엄마는 차로 삼십 분 거리인 c시 외곽의 요양원에 계셨고 나와 다니엘은 자주 엄마를 보러 갔으니까요.

우아한 기품이 흐르는 엄마는 큰 체격에 걸맞게 목소리도 커서 호탕하게 웃고 누구라도 엄마 앞에 서면 되레 공손해지는, 분위기를 압도하는 형이었습니다. 체격 큰 사람이 그처럼 우아한 원피스가 어울리기도 쉽지 않은데 엄마가 입으면 빛이 났죠. 특히 원피스를 좋아해서 엄마의 옷장에는 레이스가 달린 원피스가 아주 많이 걸려 있곤 했지요. 건강하고 우아한 자태는 쓸쓸하게 무너지고 검버섯이 얼굴을 덮고 머리는 부스스한 노인의 모습을 본다는 건 마음을 후비는 고통이었어요.

엄마는 요양원의 침대에서 하루를 보내고 저녁마다 간호사가 주는 수면제를 삼키며 아들과 딸이 번갈아 찾아오는 예약된 날을 기다리는 애처로운 존재로 언제나 나를 맞이하곤 하지요.

내가 장롱 속의 기록에 대해 말을 꺼내자 엄마는 눈물을 주르륵 흘리며 내 손을 잡았습니다. 엄마가 잡는 손의 악력은 강했고 눈빛은 전류처럼 내 가슴을 서늘하게 뚫고 지나갔습니다. 나는 한순간 엄마를 완벽하게 이해해버렸고 깊은 포옹을 나눴습니다.

이때부터는 다니엘이 더 적극적으로 나서서 여러 경로를 통해 알아봐주고 찾을 수 있다는 확신이 서자 한국에 올 결정을 하게 된 것입니다. 우리는 한국에 가기 위해 준비를 하기 시작했습니다. 한국에 오기 전 SNS로 법인 지원센터와 교류가 이루어졌고 휴가에 맞춰 일정을 잡고 한국행 비행기를 타게 되었습니다.

많은 노력 덕에 민간단체 사단법인이 있다는 것을 알게 되었고 두 번째 방문에서 그다지 어렵지 않게 당신을 찾을 수 있게 된 것입니다. 당신은 홀트아동복지회에 소윤을 찾고 싶다고 등록을 해놓았던 터라 일은 빠른 속도로 진행이 되었습니다.

나는 이제 당신을 찾았고 보름을 머무는 동안 다섯 번 당신을 만났습니다. 세 번째 만난 날 밤은 당신과 하룻밤을 함께 보냈고 생부의 소식도 들었으니 아쉬울 것은 없습니다. 당신과 함께 잔 날에는 법인의 대표 대신 불어과 여학생이 함께 자며 통역을 해주었죠. 불어과 여학생은 자원봉사자라고 내게 친밀하게 속삭였습니다. 내가 한국을 떠나던 날 당신은 공항으로 배웅 나왔습니다.

정이 깊이 든 지원센터의 직원들과 나와 다니엘과 아들 둘, 당신과 공항의 카페에 둘러 앉았습니다. 법인지원센터 대표인 신부는 마지막까지 나와서 통역을 도와주셨어요. 신부님의 통역은 거의 동시통역 수준이어서 우리 모두는 얼마나 편리했는지 모릅니다. 이런 친절은 잊지 못할 것입니다. 법인의 대표는 신부님인데 예전 프랑스에 살 때, 입양아들의 힘든 점을 보았고, 귀국하면 돕는 일을 하리라 마음먹었는데 지금은 실천에 옮기고 있다고 했습니다. 입양아들의 부모 찾기, 호텔 서비스, 통역 같은 법인인 지원센터에서 도움을 주며 지금까지 여러 건의 일을 했다고 말했습니다.

당신은 한시라도 내게서 떨어지지 않겠다는 듯 내내 내 옆에 붙어서 떨어질 줄 몰랐습니다. 당신은 내 손을 꼭 쥐고 있어서 서로의 손에는 끈적한 땀이 배어 있어 나는 가만히 당신의 손을 떼내며 당신에게 말했습니다. 이런 내용입니다.

당신을 프랑스로 초청합니다. 나는 당신에게 가끔 전화를 할 것이고 편지도 써볼 생각입니다. 나의 아들 둘과 다니엘의 소식을 전하고, 나의 직장인 와어너리의 홍보 일을 당신이 안다면 좋겠습니다. 당신은 내가 사는 곳에 와볼 노력을 할 것이고 의무는 아니지만 의무감을 가지고 생각할 것을 압니다. 나는 당신을 만나는 동안 마음의 파도가 순해지는 걸 느꼈으니까요. 당신……. 언제까지나 건강하시기를…….

신부가 통역을 하며 나와 당신의 손을 포개고 흔들었을 때 당신의 눈가가 젖었던 것을 기억합니다. 이것이 당신을 본 마지막입니다.

나는 당신과 다시는 돌아올 수 없는 시간을 함께 보내고 왔습니다. 함께한 시간의 기억들을 자주자주 회상할 것입니다. 프랑스에 돌아오고 나니 한낱 꿈처럼 짧았다는 생각이 드는군요. 당신, 머지않은 후에, 또 다시 만나게 되기를.

14. 당신의 고백

두 번째 만났을 때 소윤이 물었다.

"아버지……. 그 분은요?"

"……."

당신은 짧은 순간 망설였다. 이런 질문을 해올 거란 예상을 하지 않은 건 아니었다. 당신은 단호하게 말했다.

"죽었다고 하더구나. 나도 잘 모른다."

당신은 과거 얘기를 하지 않기로 했다. 그 안에는 소윤이 태어나는 걸 반대했던, 태어난 후에도 싫어했단 얘기가 포함될 것이기에.

당신은 말할 수 없었다. 너의 생부는 네가 태어나는 걸 원치 않았어. 그보다 더 잔인한 말은 무엇일까. 그렇지만 넌 아버지를 닮았구나, 라고는 더더욱.

소윤은 후에 말했다.

프랑스로 떠나기 전, 하룻밤을 같이 자던 날 밤이었다.

"엄마, 너무 미안해하지 마세요. 엄마는 그럴 사정이 있었다는 걸 충분이 이해해요. 인생이 꼬여서 날 버렸다고 생각했던 건 이미 지나간 얘기예요. 엄마를 보니 모든 것을 알 수 있어요. 나도 아이를 키우는 부모가 되었고 완벽까지는 아니지만 이해할 만큼 삶을 산 경력이 있으니까요. 이제라도 엄마를 만날 수 있어서 행복해요. 죽을 때까지 못 만나는 상상도 했거든요. 초청장을 보내면 프랑스로 와주실 수 있을지 생각해보길 바라요"

대략 이런 취지의 말이었다. 그리고 이렇게 덧붙였다.

"시간이 지나면 아팠던 기억까지도 잊게 되듯이 나도 아들 둘을 둔 엄마가 되었어요. 그건 참으로 의미가 큰 것이었어요. 엄마……."

당신이 보기에 소윤은 담담해 보였다. 원래 성격인지는 모르나 냉철

하고 차분하고 삭이는 성격 같아 보였다. 당신은 소윤을 그렇게 봤다.

당신은 공항의 맨 끝 층으로 가서 창 밖으로 하늘을 올려다보았다. 소윤이 탔을 비행기가 이륙을 길게 준비하더니 타국을 향해 날아오르기 시작했다. 당신은 끅끅 소리 없는 울음을 삼켰다.

당신은 소윤에게 알리지 않을 작정이다.

당신은 위암 3기이고 곧 수술대에 올라 위의 거의 대부분을 절제하게 될 것이다.

의사는 선언하고 명령했다. 전체적인 CT를 찍고 나서였다.

"수술은 삼 일 후에 할 것입니다. 다른 장기는 이상이 없군요. 참으로 다행한 일입니다. 힘드시겠지만 수술을 잘 이겨내시리라 믿습니다. 그렇죠?"

당신 눈에 초점을 맞추고 말하는 의사의 얼굴에 수술에 대한 자신감이 보였다. 경험 많은 의사임을 알았고 당신은 깊이 신뢰했다. 당신은 고개를 끄덕였다. 옆에 서 있던 남편이 당신 어깨에 손을 올리고 근심스럽게 의사와 당신을 번갈아 봤다. 다시 의사의 말이 이어졌다.

"표정이 굳어 계신데, 자아 푸세요. 수술은 제가 최선을 다하겠습니다."

"고맙습니다. 잘 부탁드립니다."

당신대신 남편이 고개를 숙이고 얼굴에 과하게 고마움을 드러내며 억지로 미소 지었다.

배정된 입원실로 올라가는 엘리베이터 안에서 당신은 줄곧 소윤을 생각했다. 소윤이 떠나던 날, 소윤가족은 마치 오래 전부터 당신과 한 가족이듯, 일생을 함께한 사이이듯 안타까운 시선을 거두지 못하고 떠나갔다. 다니엘도 정이 들었고 소윤의 아들들도 할머니 하며 당신을 불렀다. 오히려 소윤이 침착하고 차분하게 대했다. 냉랭하다고 오해할 수도 있게 무표정할 때도 있었다. 당신은 알 수 있었다. 소윤의 성격이었다. 참참한 외모 탓이기도 하고 쉽게 친밀해지지 않는 성격 탓이라는 걸 그 동안 만나면서 터득했다. 어쩌면 너무 곧고 냉정해서 사회생활에서 불리할지도 모르겠다고, 당신은 소윤이 걱정되었다. 병실에 올라와서 남편은 당신에게 위로의 말을 했다. 수술은 잘 될 것이니 걱정하지 말라고, 잘 참고 이겨내라고. 수술 후에는 위가 없으니 밥을 여러 끼 조금씩 나눠 먹어야 하니 그게 걱정이지, 하고. 잘 적응하도록 해야지, 하며 당신을 눕게 하고 이불을 끌어올려주었다. 당신은 남편에게 웃어보였다.

"한숨 푹 자."

남편이 말했다. 당신 머릿속에 온통 꽉 찬 소윤이 수술하기 전에 무척이나 보고 싶었다. 소윤은 너무 멀리 있다. 당신은 수술을 잘 이겨내고 건강해지면 남편에게 소윤의 존재를 알리고 소윤이 있는 프랑스에 다녀오면 좋을 것이라고 생각하며 잠을 청했다. 남편은 당신이 자는 동안 당신 곁을 지키고 있다.

명랑한 인생

1부

1

정과 노는 사귄 지 일 년 만에 결혼했다.

둘은 상대에 대해 충분히 안다고 확신했다. 사귀는 일 년은 사랑을 완성하기에 충분한 시간이었다. 시련이나 난관이 와도 헤쳐나갈 만큼 사랑은 깊었고 서로에 대한 믿음이 충분했으므로 깊이 신뢰한다고 믿었다.

소개팅이 있던 날은 일 년 전 봄날이었다.

약속시간보다 한 시간 일찍 나와 창가 자리에 앉아 있던 노는 친구와 친구의 애인과 오늘 처음 보게 될 어떤 남자가 오기를 기다렸다. 큰 기대는 안 했다. 소개팅의 확률은 낮을 뿐더러 경험상 마음에 안 들 확률 90프로 이상임을 알았다. 10프로의 가능성은 너무 낮은 수치였다. 노의 나이 서른둘이 경험이라면 경험이었다. 다만 벚꽃이 날리는 아름다운 봄날 오후를 카페의 창가에 앉아 책을 읽고 싶은 감정을 오랜만에 느끼고 싶었다. 서른이 넘고는 그날이 그날 같은 일상이었다. 정서적인 안정을 취할 여유가 없었다. 주중에는 직장에 매여 살았고 휴일에는 그놈의 잠에 빠져 영화 한 편 보지 않았다. 노는 그만큼 감성에 무뎌져 있었다. 꼭 직장일이 바빠서는 아니었다. 나이가 들수록 시들하고 삶에 식상한 자신이 인지되었다. 20대처럼 감성에 친밀한 생활이 그리웠다. 책을 펼쳐들고 카페에 앉아 있는 이 순간 친구 일행이 나타나지 않기를 바라는 마음이 더 컸다. 이변이 없는 한 오겠지만 가벼운 에피소드로 처리하면 될 일이었다. 노가 책을 읽다 창밖으로 고개를 돌리자 길 건너에 친구 일행이 신호를 기다리고 서 있었다.

둘 다 서로에게 반할 정도는 아니었다.

정은 노의 외모 중 왼편 눈꼬리 쪽에 파리똥이 앉은 것 같은 약간 큰 점이 거슬렸지만 전체적으로 싫지 않았다. 예쁘장한 외모라고 평가받을 만했다. 키는 중키였다. 얼굴과 다르게 몸매는 별로였다. 하체가 굵은데다 허리선이 일자라서 무슨 옷을 입어도 여성미가 강조되기 어려운 타입이었다. 노는 복숭아뼈 길이의 회색 계열 청바지에 헐렁한 티, 재색 카디건을 받쳐 입고 발목을 감싸는 검은 운동화를 신고 있었다. 정이 탁자 밑으로 보니 키높이 운동화였다. 친구가 불러내 동네 입구의 카페에 급하게 나온 차림새였다. 누가 봐도 남자의 마음에 들려는 노력은 없어 보이는 룩이었다. 게다가 온통 무채색 계열이었다.

정은 정장은 과한 것 같아 오 분 정도 옷장 앞에 서서 신중하게 옷을 골랐다. 최종적으로 다크그레이 수트를 빼들었다. 하얀 바탕에 연회색 가는 줄무늬 셔츠를 받쳐 입고 타이는 매지 않았다. 격식은 차리면서 편안하고 정갈해 보였다. 두꺼운 뿔테안경 때문에 우울하게도 진중하게도 보였다.

정장에 가까운 새미 정장을 입고 나온 정이 보기에 의상에 신경 쓰지 않는 노가 무심해 보였다. 다만 한 가지 노 앞에 놓여 있는 책이 눈에 띄었다. 탁자 위의 덮은 책의 표지는 '올해의 소설상'을 받은 국내 작가의 책이었다. 정과 친구 일행이 오기 전 책에 머리를 박고 있었을 것 같은 노의 모습이 상상되었다. 정은 노의 패션이 살짝 실망스러웠다. 인내심을 가지고 지켜보는 수밖에 없었다. 의외의 반전매력이 있을지도 모르니까. 정은 인생경험이 꽤 풍부해진 서른 중반이 되고 나서야 삶의 융통성이 생긴 자신이 새삼 느껴졌다. 그랬으므로 노에게서 다른 매력을 기대하기로 한 건 잘한 일 같다는 생각까지 들었다. 그건 남자다움이라고 믿었다. 한결 여유가 있어진 자신이 새삼스러웠다.

시간이 지날수록 노의 무심한 패션이 문제되지 않았다. 오히려 그 점이 정의 마음을 끌었다는 것이 나중에 증명되었다. 정은 은근히 패션에 관심이 많은 쪽으로 감각적이며 스타일리시한 쪽을 선호했다. 겉멋에 너무 치중한 나머지 과한 옷차림은 오히려 꼴불견이라는 느낌이 있어서 티 안 나게 공들인 쪽에 눈길을 주는 편이었다. 일단 이것은 패션센스에 높은 점수를 주는 정의 취향이었는데 노 앞에서 정의 취향은 무너지고 말았다. 정의 취향에서 노는 완전히 비껴났지만 차분하고 이지적인 태도와 스타일리시하지 않고도 포멀함과 정적인 매력으로 다가온, 정에게는 처음 있는 일이었다. 반전까지는 아니지만 다른 측면에서 정의 예측은 맞는 셈이었다.

정이 결혼 마음을 먹은 건 얼마 되지 않았다.

그랬기 때문에 친구가 권유하는 소개팅 제의를 망설임 없이 받아들였다. 절친한 친구는 아니었고 아는 사이보다는 가깝고, 먼 사이보다는 친밀한 농도의 친구였다.

정은 다양한 연애에 굿바이를 하고 안주하기를 원했다. 실지로 최근 이 년 가까이 아무도 만나지 않았다. 많은 여자들을 만나봤기 때문에 더 흥미로울 것이 없었다. 모친까지도 여자들한테 쓸데없이 돈들이지 말고 빨리 결혼해서 분가하라고 성화를 부렸다. 모친의 잔소리는 하루도 그냥 넘어가는 날이 없을 정도였다. 잦은 연애의 풍상과 산전수전을 겪은 터라 정 역시 연애 초기의 달콤함은 곧 가시고 지루한 밀당과 거의가 비슷비슷한 연애의 진도와 되풀이되는 과정이 피곤할 뿐이었다. 오십대가 넘어야 오는 연애의 피로감이 너무 일찍 찾아온 것도 따지고 보면 연애 경험이 많기 때문일지도 몰랐다.

갖가지 취향을 가진 여자들을 만나봤지만 여자들은 거의가 다 까탈스럽고 이기적이고 요구사항이 많을 뿐만 아니라 지나치게 오만했다. 어떤 여자는 부드러운 가죽처럼 살살 달래야 해서, 또 어떤 여자는 미리미리 취향 정보를 입수해서 데리고 다녀야 했기 때문에, 또 봄 날씨처럼 변덕스러워서, 아무튼 이것저것 사항을 나열하면 끝이 없지만 정은 그런 여자들 때문에 넌덜머리가 날 지경이었다. 연애의 피로는 인생의 피로와 하나도 다를 것이 없었다. 정이 결혼하려는 의도와 목적은 뚜렷했다. 청춘과 굿바이하고 조용히 나이 들어가는 것, 조용하고 평화롭고 안락하고 명랑한 인생을 살아가는 것. 그것이 정이 원하는 이후의 삶이었다.

2

노는 정이 섬세한 타입이 아닌 것 같아 보여 마음에 걸렸지만 정직해 보이는 인상에 점수를 줬다. 노의 남자 보는 신념 중 두 가지는 거짓말을 안 하는 것과 성실함이었다. 웃을 때면 인중이 들어올려져 살짝 바람기가 있게 생긴 점 말고는 대체로 무난한 편인 것 같았다. 연애할 타입과 결혼할 타입 중 고르라면 결혼할 타입 쪽으로 보였다. 아주 싫지만 않으면 성사될 확률은 있는 편이라고 둘을 소개해준 연인은 동시에 말했었다.

연인이 있었다. 정의 친구와 노의 친구였다. 연인은 결혼 날짜를 잡아놓고 있었다. 예식장 구하기가 어려워 미리미리 잡아야 했다. 심지어는 일 년 전에 잡아놓은 커플도 있다고 했다. 예식장을 예약해놓고 기다리는 동안 헤어지는 연인이 부지기수였다. 그래서 예비부부들은 조심조심 상대방 눈치를 보며 시간을 벌며 결혼식 날짜를 기다렸다. 결혼 준비는 완료된 상태로 연인은 5개월 후의 예식을 기다리고 있었으므로 상투적으로 만나고 상투적인 장소를 가고 상투적인 대화를 했다. 어쩌면 상투적으로 모텔을 드나들지도 몰랐다. 연인의 친구 중에 미혼

남녀들은 넘치도록 많았다. 거의가 삼십대 초반에서 후반 사이로 결혼한 커플은 두 팀뿐이었다. 무슨 일인지 대외적으로 결혼을 기피하고 있었다. 누구라도 결혼 발표를 하면 다들 화들짝 놀란 표정으로 언제부터 사귀었는데? 옆에 설 사람이 같이 다니던 그 사람 맞아? 그 커플은 어디서 만났대? 하며 과장되게 호들갑을 떨며 궁금해 했다. 이제 결혼한다고 하면 연예인의 결혼 발표만큼이나 호기심을 불러일으키는 세상이 되었다. 새로울 것이 없는 부부 같은 연인은 무슨 대화 끝에 게임을 시작하듯 친구 중에 최근 이삼 년 동안 연애를 안 한 친구 이름을 대기 시작했다. 최종적으로 뽑힌 사람이 정과 노였다. 회의를 하듯 오랜 대화 끝에 둘 다 내성적이고 낯가림이 있고 소극적이어서 소개를 해주면 좋은 일 한다고 합의를 보았다. 정과 노의 각각 친구인 연인은 정과 노에게 막역한 사이는 아니었고 건너뛰어 알게 된 사이로 일 년에 서너 번 볼까말까하다는 점에서 비슷한 구석이 있었다. 지금부터 서둘지 않으면 금세 서른 후반이 되어 마음이 급해져 아무나 주변인물중 짝을 고르게 될지도 모르는 함정에 빠진다고 연인은 똑같이 의견을 피력하고 나서 대단히 중요한 거사를 치를 것에 대해 보람을 느낀다고 동시에 말했다. 결과만 좋다면 최근에 우리가 한 일 중에 가장 잘한 일이 될 거야 그치? 하며 마주보고 웃었다. 정과 노의 친구는 지겨워진 일상 때문에 일탈하듯 각자 친구를 불러내 소개팅 시켜준 사례였다.

노는 냉정하고 근엄하고 평범하며 도저히 진취라고는 모르는 불친절한 부모 밑에서 자랐다. 사랑만큼은 충분히 받았다. 부모는 자식을 사랑하는 만큼 노에게 충분히 안정된 가정을 만들어주었다. 대화를 한다기보다는 말은 명령조에 가깝고 부모의 일관된 사고방식을 따라야 하는 것은 보이지 않는 강요에 가까웠다. 규칙을 따지고 엄격하고 질서 있고 근검한 생활은 노를 양심적이고 도덕적인 아이로 자라게 했다. 불평이 있을 리 없었다. 그렇게 성장한 만큼 세상을 향해 나아가려는 도발적인 성향이나 진취성은 부족했다.

엄격한 아버지와 빈틈없는 어머니의 깐깐한 교육은 노의 형제들이 바르게 자라긴 했지만 숨 막히는 생활의 연속이었다. 훈육조로 이루어진 밥상머리교육을 들으면서 노는 어린 시절을 보냈다. 가끔은 밥 먹다 수저를 탁 놓고 뛰쳐나가고 싶을 만큼 반항적인 마음도 들었으나 절대 그러지 않았다. 조용히 경청하며 밥을 먹었다. 그것이 갖춰야 할 덕목임을 알았고 행실을 어기는 일은 상상조차 할 수 없었다. 나이가 들수록 반항심이 생겼지만 반항을 행동으로 보인 적은 없었다. 언제나 마음에서 시작해 마음으로 끝났다.

일 주일 후 정이 애프터 신청을 해오자 노는 의아했다. 시간을 함께 보내는 동안 호감어린 기류 따윈 없었고 헤어질 때도 덤덤해서 노는 자신과 똑같이 완전 끌리지는 않았는갑네, 잘 됐지 뭐, 사념 없이 넘겼었다. 호감을 먼저 보일 만큼 노가 적극적인 성격이 아니기도 했고 첫눈에 반하지 않았기 때문에 아쉬움은 없었다. 그러나 긴가민가한 여운 속에 작은 양의 아쉬움이 남아 있긴 했다.

노는 막상 생각지도 않은 정의 전화를 받고는 잃어버린 물건을 찾을 때처럼 화급히 소개팅 날을 재구성해 떠올렸다. 검은 뿔테안경 때문인지 정은 우울하게도 진중하게도 보였는데 한순간 노는 정의 우울한 얼굴에서 위로해줄 무언가를 찰나처럼 떠올렸다는 것을 인식했으나 곧 다른 대화로 넘어가는 바람에 감정은 삭제되고 말았다. 애프터 신청 전화를 받고 나자 불현듯 삭제된 위로의 감정이 재인식되어서 노는 허둥지둥 달력을 보았다.

사랑은 이처럼 타이밍에서 살짝 비켜서서 머뭇거리며 왔다. 정이나 노, 똑같이 영 아닌 것은 아니었던 모양이었다. 이것을 사랑이라고 믿어도 된다면 말이다.

3

교제하는 동안 양가에서 흔쾌 젖게 찬성한 것은 아니었다.

정의 홀로된 모친은 노가 예쁘장한 외모와 달리 고집이 세보이고 얼굴에 그늘이 져 있다고 불평했다. 빨리 결혼하라고 매일매일 성화를 부릴 때는 언제였나 싶게, 정을 향해 기가 좀 세보이지 않나? 하면서 고개를 갸웃거렸다. 단점만을 찾으려고 노력하는 사람처럼 보였다. 정은 그러는 모친을 모른 체했다.

정의 모친은 양보를 잘 하지 않을 것 같다고 투덜거리면서도 허락 모드로 들어갔다. 노가 간혹 들를 때마다 자잘한 선물을 들고 오는 것이 마음에 들었다. 정의 모친은 평소에 빈손으로 오는 사람을 예의를 모르는 사람이라고 비난했는데 선물을 들고 오는 노를 볼 때마다 흐뭇해 했다. 가정교육을 잘 받은 모양이라고 퇴근해 들어온 정에게 칭찬까지 했다. 정은 그럴 때마다 농담조로 "엄마는 역시 뇌물에 약하셔" 하고 등을 쳤다. 은근 속물인 모친에게 에둘러 못마땅한 감정을 표현하는 정다운 표현이었다. 정의 뒤에 대고 모친은 "야. 줘서 싫대는 사람 봤냐" 하고 똑부러지게 말했다.

노의 부친은 정년을 얼마 안 남긴 중학교 교감에 어머니는 독실한 기독교인이었다. 어머니를 제외하곤 식구 중 아무도 교회에 안 다녔다. 교회가 인생의 전부처럼 보이는 아내가 속으로 못마땅했지만 노의 부친은 속으로 못마땅해도 가정의 평화를 위해 희생하는 타입이어서 가정에 큰 문제만 안 일으킨다면 모른 체 넘어갔다. 검소함을 자랑으로 여기는 가풍이고 혼기가 차면 반드시 결혼을 해서 집을 떠나야 한다는 주장을 펼치는 부류에 속했다.

노의 어머니는 노가 어서 빨리 반듯한 남자를 데려와 결혼해 나가기를 바랐다. 노의 어머니는 특히 반듯한 남자라는 문장을 강조하며 홀가분하게 노후를 보내고 싶다고 입버릇처럼 말해왔다.

노의 부모도 정을 처음 본 순간 완전 마음에 들지는 않았다. 기본은 되는 체격에 직장도 공기업이라 억지로 점수를 안 줄 수가 없었다. 홀어머니에 외아들인 점이 걸렸지만 하나 아니면 둘을 낳는 시대라 그걸 걸고 넘어질 수는 없었다. 정이 반듯해 보여서 너무 반듯해 보인다고 하면 억지도 그런 억지가 없었다. 노의 모친은 평소 반듯한 타령을 했기에 반듯함이 과하다고 퇴짜 놓기가 좀 그랬다. 아무튼 싸하고 경직된 정의 인상이 그다지 달갑지가 않았다. 어쨌든 결혼을 허락한 데는 노의 나이가 서른둘이라는 점이 결정적으로 컸다. 아무리 잘난 짝도 부모 눈에는 안 찬다는 옛말이 맞는 모양이었다.

4

결혼식을 올리고 봄이 되었다.

정의 나이 서른여섯, 노의 나이 서른셋이었다.

정은 보기대로 아기자기한 성격이 아니었고 그저 결혼은 해보니 좋은 거더라는 식의 조금은 마초적인 데가 있는 남자라고 노는 봤다. 노가 살짝 애교 있고 살뜰한 편이어서 대체로 결혼생활은 무난하게 흘러갔다. 노도 나이가 있는 만큼 드라마 같은 로맨틱하고 판타스틱한 결혼생활은 없을 뿐더러 결혼은 생활의 연장이라는 것을 아는 현실적인 여자였다.

정은 노가 가정적인 면에서 아내의 역할에 충실하며 아내자리가 직장인처럼 근면, 성실, 책임감이라는 표현을 붙인다면 붙이고 싶었다. 결혼생활에서 한 번도 이 예단이 틀린 적이 없었다.

노 역시 정이라면 살아온 날보다 살아갈 날이 훨씬 많은 결혼생활 동안 남편자리를 보전하리란 확신 같은 게 들었다. 결혼생활은 특별하지도 나쁘지도 않았다. 결혼생활은 건조한 날씨처럼 무난하게 흘러갔다.

나이가 있는 만큼 정과 노는 피임 같은 건 애초부터 하지 않고 임신을 기다렸다. 양가 부모들은 부담으로 듣지 말라면서도 세월은 후딱 가니 애를 빨리 가져야 하지 않겠냐면서 은근히 압력을 줬다. 부부 사이에 자식은 끈이니 꼭 있어야 한다고 강조하는 것도 양가 부모의 일관된 견해였다. 양가 부모 모두 대놓고 나이타령은 하지 않았으나 더 늦어지면 곤란해 질 수 있다는 점은 똑같이 강조했다.

결혼 이 년차로 접어들고 노는 임신을 했다. 임신 육 주에 자연유산이 되었다. 자연유산이 되고 일 년이 넘도록 임신이 안 되자 노는 시험관 시술을 두 번 하러 갔다. 두 번 다 실패하고 휴식기간을 갖는 사이 임신이 되었다. 어렵게 임신이 된 만큼 이번에는 실패하지 않아야 했다. 첫 유산이 어쩌면 고단한 직장생활에서 왔을지도 몰랐으므로 노는 직장을 그만두었다. 정도 찬성했다.

노는 충분히 휴식을 취하고 균형 있는 식사를 하고 육아에 관련된 책을 읽으며 엄마가 되는 행복감에 젖었다. 느슨한 옷을 입고 클래식과 뉴에이지 위주의 안정감 있는 음악을 들었다. 집안에만 있기 갑갑하면 가끔 백화점에 나가 출산 준비를 했다. 배내옷과 속싸개를 사고 담요를 샀다. 미리미리 준비해 놓아서 안 좋을 건 없었다. 배내옷과 속싸개는 너무 작아 인형옷 같았고 보기만 해도 사랑스러워 마음이 들떴다. 담요의 촉감이 좋아서 만지기만 해도 몸이 포근해졌다. 노는 아기용품들을 꺼내보고 다시 넣어놓기를 반복했다.

임신 삼 개월이 되자 안정기에 접어들었다고 생각되었다. 『임신과 출산에 관한 육아서』에서는 오 개월이 되면 태동을 느낄 수 있다고 쓰여 있었다. 어느 날 노는 세탁기의 빨래를 꺼내 베란다의 빨랫대에 널고 있었다. 탁탁 털어 널 때마다 경쾌한 소리가 짧게 흩어졌다. 다 널고 밖을 내다보니 햇살이 눈부셨다. 겨울이 되면 새 식구가 생기고 자신은 아기 엄마가 되어 있을 터였다. 결혼을 하고 호적에 기혼자로 올랐을 때는 마음의 적응이 쉽지 않아 짧은 혼란이 일었는데 그것과는 다른 부모로의 편입은 자연스러웠다. 빨래를 다 널고 빈 바구니를 드는 순간 약간 어지럼증이 왔다. 가끔 앉았다 일어날 때 어지러웠으므로 손을 머리에 짚고 바닥에 앉았다. 싸르륵 배가 아프기 시작했다. 출혈이 느껴졌다. 노는 곧바로 다니는 산부인과에 갔다. 의사가 초음파를 해보더니 아기집은 보이나 태아가 보이지 않는다고 했다. 일 주일 후 다시 초음파를 해보자고 했다. 태아가 안 보일 수도 있으니 주기적으로 검사를 하며 지켜보자고 했다. 그러나 일 주일이 되기도 전에 출혈이 있었다. 제법 많은 양의 출혈이었다. 노는 직감적으로 불행한 일이 생겼다는 걸 알았다.

계류유산이었다.

병원에 입원했다. 소파술로 남은 임신 물질 제거를 위한 수술적 치료가 필요해서다. 사흘 입원을 권한 것도 정이었다. 노의 정신적 충격을 덜어주고자 하는 의사의 권유를 받아들인 것이다. 입원해서 유산에서 오는 뒤처리를 하고 집에 돌아온 노는 방문을 잠그고 아무도 들어오지 못하게 하고 펑펑 울부짖었다. 노의 히스테리는 얼마 동안 계속되다가 수그러들다가 반복했다. 정이 해야 할 일은 아무 것도 없었다. 노의 모친이 와서 미역국을 끓여주면 노는 거칠게 국그릇을 개수대에 쏟아버렸다. 얼마 안 가 노의 히스테리는 가셨지만 대신 우울해 보이는 노의 모습이 자주 목격됐다.

노는 차츰 안정기에 접어들었다. 그러나 부부 사이는 이상하게 서먹해져 버렸다. 원래부터 실과 바늘처럼 완전 붙어 다니는 부부 사이는 아니었다. 이상한 서먹함은 관습적이듯 서서히 자리를 잡아갔다. 마주 앉아 식사를 하고 함께 티비를 보고 나란히 침대에서 잠들었다. 방을 나눠 쓰지 않는데도 서먹함은 사그라지지 않았다. 둘 중에 누구라도 이 불편하고 서먹한 관계를 부숴뜨려야만 했으나 누구도 어떻게 해야 할지 몰랐다.

5

결혼생활은 7년이 흘렀다.

7년은 많은 일이 일어나기에도, 변화하기에도 충분한 시간이었다. 대학 신입생이 대학을 졸업하고 군대에 가 제대를 하고 어학연수를 일 년 다녀와 취직을 하는 시간이고, 막 결혼한 부부가 달콤한 신혼을 즐기다가 어느 한 쪽이 외도를 해서 협의이혼을 한 후 각자 재혼을 할 수도 있고, 대통령이 임기를 마치고 새 대통령을 뽑고 새 정부가 들어와 다른 노선을 펼치는 정치를 하는 중간에 퇴임 때의 인기도 예상점수를 매겨보는 안정기간이기도 하는 것처럼, 어떤 사건이 나고 마무리되고 잊히기에 부족함이 없는, 길다면 긴 시간이었다.

조용하고 평범한 생활이 이어졌다. 물처럼 밍밍하고 평화처럼 단조로운 생활이었다.

유산 전과 똑같이 마트에 가면 정이 카트를 밀고 노는 물건을 골라 카트에 담았다. 정이 필요한 게 보이면 카트를 멈추고 노에게 말했다.

"이것도 담아."

"이거 진짜 필요해?"

"응, 필요해."

"집에 하나 있지 않아?"

"아냐 다 떨어졌어."

"언제 다 썼어? 샤워하고 곧바로 바르는 거 알지? 물기 막 닦고 나서. 나는 이것 사면 되겠다."

하고 노는 정이 가리킨 물건을 담았다. 노도 떨어진 물건을 골라 담고 정에게 무엇이 먹고 싶은지 물었다. 정은 그때그때 먹고 싶은 게 있으면 말했고 노는 그것들을 샀다. 계산을 하고 카트의 물건을 빈 박스 안에 옮겨 담으면 언제나 라면 박스가 찰 만큼의 양이 되어 있곤 했다.

휴일이면 다정히 마트에 가서 장을 보곤 했으나 집에 오면 곧바로 방에 틀어박히거나 각자 할 일을 했다. 마트에서 돌아오는 길목에 아이스크림 가게가 있으면 들어가서 마주앉아 아이스크림을 먹었다. 정과 노는 마주앉아 아이스크림을 먹으면서도 서로의 눈을 들여다보지 않았다. 그런 적이 있기나 했던가 따위마저도 느끼지 못했다. 각자의 친척들은 이들을 보고 잉꼬부부라느니 다들 너희들처럼 안 싸우고 살면 얼마나 좋겠니, 따위의 쓸데없는 참견을 했다. 노나 정이나 별스러운 것을 추구하는 스타일이 아닌 무난해서 그저 그런 장보기와 외식에 만족했다.

한 달에 한 번쯤은 의무적으로 잔뜩 장을 봐 혼자 사는 정의 모친 집에 들러서 냉장고를 채워주고 오는 길에 노의 친정집에 잠깐 들렀다오는 게 다녔다. 노가 보기에 정은 노의 친정집에 오래 머물지 못해 했다. 꼭 친정집만이 아닌 남의 집에 오래 머물지 못하는 스타일이었다. 그걸 깨닫고는 노가 먼저 선수를 쳐 채근해 돌아올 때가 한두 번이 아니었다.

정과 노에게 눈에 안 보이게 달라지는 점이 생겨 있었다. 언제부턴가 각자 방을 나눠가지기 시작한 것이다. 자연스럽게 한 집의 별거에 들어갔다. 방이 하나뿐이 아닌 것이 탈이라면 탈이었다. 서로가 의식도 못할 만큼 자연스러운 별거였다.

노는 노대로, 정은 정대로 각자 방에 틀어박혀서 책을 보거나 낮잠을 자거나 혼자서 할 수 있는 일을 했다. 그런 것이 불편하지 않을 만큼 시간이 흐르고 있었다.

이상하게도 둘은 혼자서도 할 수 있는 일이 많다는 공통점을 가지고 있었다. 이를테면 둘 다 책 읽기를 즐겼고 정은 바둑 프로에 빠지면 끝날 때까지 집중해서 보았고 신문을 오래오래 읽었다.

노는 가만히 누워서도 오랜 시간 있을 수 있었고 처녀적 앨범을 꺼내 보며 추억에 잠기기를 즐겼으며 옷정리 같은 사부작거리는 일거리를 했다. 일기 쓰기, 티비 보기, 스마트폰을 들고 앉아서 유명인의 기사에 딸린 댓글까지 읽어보는 것을 즐겼다. 노가 벽에 그림을 오려서 액자에 끼우고 아기 물건을 사들이고 하는 것도 따지고 보면 혼자서 할 수 있는 일들을 좋아하는 기호의 연장선상이었다. 노는 스케치북에 4B 연필로 꽃이나 새, 나무, 풀을 그려보고 무언가를 끄적이는 걸 좋아했다. 그림에는 소질이 없지만 낙서하는 걸 좋아했다. 때로 정이 바둑 프로에 빠져 있으면 시집을 꺼내와 빈 노트에 베껴 쓰기도 했다.

집에만 있게 되자 노는 이상한 생각이 들었다. 일종의 열등감 비슷했다. 낮에 밖에 나가면 느끼는 것들, 삶의 한가운데가 아닌, 뒷골목에 내팽개쳐져 버려진 느낌 같은 것, 일을 안 하고 있으니 무능력에 자괴감에 이상하게 세상으로부터 왕따 당하고 있는 듯한 뭐 그런 기분이었다. 이렇게 바쁘게 움직이는 세상에서 한가하게 있으니 밀리는 느낌이고 낮에 홀로 앉아 티비를 보고 있으면 한 마리의 벌레 같다는 생각이 따라다니게 되었다. 노에게 상심증후군이 나타나기 시작한 것은 이미 오래되었다.

그즈음 정은 안 하던 운동을 하기 시작했다. 배드민턴 동호회에 들었고 으레 퇴근 후와 주말에는 동호회원들과 어울렸다. 이때쯤 노도 새로운 일에 탐닉하기 시작했다. 그림을 액자에 끼워 방 벽에 걸고 아기 물건을 사들이기 시작한 것이다. 정이 운동에 열중할수록 노는 아기 물건을 들여놓고 그림을 오려 거는 일을 일생을 바칠 것처럼 탐닉해 나갔다.

6

노의 방 한쪽 벽은 여러 개의 그림이 걸려 있다. 한쪽 벽면에 온통 그림을 걸어놓은 것이다. 그림은 비슷한 화풍의 수채화로 연작 같은 느낌이다. 칼 라르손의 그림이고 모두 여덟 개다. 유럽 어느 카페의 벽에 그림이나 사진이 죽 걸려 있듯이 질서 있게 걸어놓았다. 화집에서 조심스럽게 여러 개를 오려 액자에 끼웠다. 아련한 그리움이 묻어나는 꿈속 같은 그림들이다.

그림 속은 가장 따뜻한 색으로 채워져 있다. 하늘색과 분홍색과 가지색과 살구색, 미색과 연두색과 밤색과 참외색이 모든 과일의 색이……. 다정하고 편안하고 포근하고 컬러풀한 색이 다 들어 있다. 과즙 같은 달콤한 향내가 솔솔 전해진다.

노는 그림 속으로 들어간다. 들어가자마자 노는 그 속이 평소에 동경하던 세계임을 알았다. 그림 속의 질료는 말랑하고 몽글하고 촉감이 좋고 동시에 환한 빛으로 이루어져 있다. 여기저기 꽃이 많이 피어 있고 모든 배경은 봄날처럼 포근하고 부드러운 바람이 살랑거릴 것 같다. 아이들의 머리는 느슨하게 묶이거나 곱슬머리가 흘러내리고 눈은 크고 속눈썹은 짙다. 여자아이는 레이스가 달린 원피스를 입고 남자아이는 반바지에 헐렁한 셔츠 차림이다. 집안 어디에나 꽃병에 꽃이 꽂혀 있다. 그들은 마주보며 웃으며 담소하고 어딘가를 응시한다. 서로를 향하여 미소 짓고 화합하며 식사 중이거나 담소하는 시간이다. 그림은 현재의 상황처럼 살아 있다. 물감을 손톱으로 살짝 눌러 슥 짓뭉개 밀어버리는 기법으로 그려진 그림은 사실적이다. 행복한 삶의 한순간은 지나가며 흩어지지 않고 영원히 계속된다는 암시로 보인다. 일상적이며 동시에 몽환적이고 그림 속에 살고 있는 듯한 착각 속에 빠져든다. 노는 오래오래 그림을 들여다본다. 이제 노의 세계는 네 개의 벽 속에 갇혀진 듯 보인다.

칼 라르손의 그림을 보게 된 건 화집 속에서였다.

미술사학을 전공한 친구 p의 방이었다. 처녀적 일이다. p가 뭘 가지러 나가자 심심해진 노는 책장을 훑었다. 몇 권의 화집이 꽂힌 사이에 『가족이 있는 풍경』을 빼들었다. 무심코 책장을 넘겼는데 아주 예쁜 그림이 계속해서 나왔다. 노는 볼수록 그림에 빠져들어갔다. p가 들어오는 것도 모르고 화집에 열중해 있었다.

"뭐 보니? 칼 라르손이네. 알아?"

"몰라. 유명한 화가니?"

"당근이지. 스웨덴의 국민화가지."

"그러니? 컬러가 참 좋다. 포근해 보이고."

"그렇지? 이 화집 보고 있으면 마음이 되게 따뜻해진다? 아름답다는 말이 무색할 정도지. 컬러풀하고 대부분은 아련한 그리움이 묻어나는 작품들이지. 사실적인 일상의 그림을 동화같이 표현한 화가도 흔치 않아."

"보고만 있어도 행복해진다. 너도 이 사람 좋아하는구나."

"고럼. 내가 칼 라르손의 그림을 좋아하는 건 인간의 마음을 움직이는 따뜻한 컬러를 써서야. 어느 화가도 이처럼 따뜻한 색을 써서 우리에게 감동을 주진 못하지. 게다가 그의 이 그림 속은 거의 다 화가의 집이고 실제 상황이란다. 부인이 집을 꾸미면 남편은 그림을 그렸지. 심지어 아이들도 여덟 명이나 낳아서 모델이 되었어. 그는 스웨덴 국민화가로 또 세계적인 명성까지 얻으며 평생을 이처럼 따뜻한 가정의 품에 파묻혀 산 사람이지."

"정말?"

"어, 정말."

"아휴, 대단해. 매력 있다 이 사람. 나 완전 반했어."

"내가 볼 때 색채의 고급스러움을 잘 표현했어. 맑고 투명한 색채의 수채화가 그의 작품 대부분이 되었지."

p는 계속계속 칼 라르손에 대해 여러 얘기를 들려주었다. 물론 다 처음 듣는 얘기였다. 그림에는 젬병인 노는 p의 입에서 간단히 튀어나오는 미려한 언어들을 마술처럼 바라보았다. p가 대단해 보였다. 노가 화집에 계속 시선을 붙박고 있자 사려 깊은 p는, "이 책 너 줄까. 갖고 싶은 눈친데?" 했다.

노가 안 믿는 눈초리로 바라보자 잠깐의 정적 끝에 말을 붙인다.

"멋있는 사람 같지 않니? 너 완전 반했구나. 이 화집 너 줄께" 했다.

노는 "진짜지? 주면 고맙지" 했고 p는 "그래 너한테 뭘 주고 싶었는데 이거였어. 내가 아끼는 거지만 주인은 너야. 설마 밥은 살 거지?" 했다.

"밥도 사고 커피까지 쏘면 되겠니."

하고 화집을 가슴에 안아들었다.

노는 소중히 간직했고 비 오는 날 글루미선데이를 듣듯이 가끔씩 화집을 꺼내서 보곤 했다. 어느 날 부턴가는 책장에 꽂힌 채로 잊어버렸지만. 이십대 후반 때의 일이었다.

얼마 전 노는 친정집에서 칼 라르손의 화집을 찾아내 가져왔다.

7

노는 정이 출근하고 나면 방에 틀어박혔다. 아직 신혼이었던 때를 회상하는 일은 몽상에 가까웠다. 어제 일처럼 아주 구체적으로 일상들이 떠올랐다.

노는 정에게 배부른 모습을 보여주어야만 했다. 당당하고 위엄 있게, 동그랗게 부푼 배를 내밀고 정의 시선과 손길을 느껴야만 했다. 배부른 내 모습이 어때? 하고 묻고 싶었다. 쑥스럽지만 어색하지만 부끄럽지만……. 그래도. 어때 여보? 배부른 내 모습이? 하고.

사실 노는 정에게 한 번도 여보, 라고 부르지 않았다. 옛날 사람도 아닌데 옛날 사람처럼 촌스러웠다. 다른 건 안 촌스러운데 유독 그 부분이 촌스러웠다. 아이가 있는 노의 친구 하나는 오빠와 자기야,를 혼용하다가 애가 생겨서 애 이름 뒤에 누구 아빠, 하고 부른다며 촌스러워서 그렇지 뭐. 부끄러운 듯 토를 달았다. 노처럼 부끄러운 듯.

정은 노를 보고 이름을 불렀다. 결혼 전에는 이름 뒤에 씨 자를 붙이더니 결혼할 즈음에는 성을 빼고 씨 자도 빼고 이름만 불렀다. 경진아, 도 경진 씨, 도 아니고 딱 단 두 자의 이름, 경진, 하고. 경지인, 할 때도 있었다. 경지인 할 때를 노는 더 좋아했다.

경진, 하고 정이 부르는 여운이 남지 않고 마침표같이 딱 끊어지는 뒷글자의 정갈함이 좋았다. 어쩌다지만 성이 나면 노경진 씨, 하고 연애 초기 때 버릇으로 불렀다. 대신 소리가 커서 씨, 할 때는 목소리 끝이 갈라졌다.

아기가 있으면 아기 이름을 부를 건데, 누구 엄마, 하고. 아기 이름을 불러도 높낮이가 달라서 분위기가 달라서 아기를 부르는지 노를 부르는지 알아들을 건데……. 부모님처럼.

노의 물음은 무효로 끝났다. 그러니 노는 그게 다 거짓말 같았다. 임신한 적이 없었던 듯 여겨졌다. 마치 환상 속에서 임신한 듯했다. 노가 임신한 것 같다고 정에게 처음 말하려 했을 때 정은 막 퇴근해 들어오던 참이었다. 노는 낮에 사무실로 전화를 안 했다. 일부러였다. 임신한 것 같애, 얼굴 보고 정의 표정을 살피고 싶었기에.

그날 따라 정은 들어오면서부터 시끄러웠다. 다른 때와 달랐다. 현관에 들어서자마자 노가 임신한 것 같애, 말하기도 전에 말했다.

"차에 문제가 생긴 것 같아. 중고는 뭐든 말썽을 부린다니까."

정은 무슨 문제가 생길 때 늘 잊어버리고 제때 얘기하는 타입이 아니었지만 그날은 예외였다. 노가 '임신한 것 같애'라고 준비해둔 말을 할 사이도 없었다. 정은 '확실한 거야?'라고 물었을 것이고, '내일 병원 가서 확인해 봐야지. 테스트기에 빨간 줄이 나왔어' 노가 흥분을 삭이며 이렇게 말할 거였다.

"차에 무슨 문제?"

하며 노가 물었다.

"몰라. 주차하려고 백해서 다시 차선 바로잡는데 시동이 탁 꺼져버리네. 그래도 집에 와서 그래 다행이야."

"똥차라서 그래."

"그렇겠지. 에이 돈 많이 드는 거 아냐? 수억 나가겠네. 아무래도 내일 수리해야겠지?"

"그래, 밤인데 인제 뭐하겠어. 있잖아. 그거보다도 나 임신한 거 같애."

"뭐? 확실한 거야?"

정의 눈이 커졌다.

"내일 병원 가서 확인해 봐야지. 테스트기에 빨간 줄이 나왔어."

정은 엉뚱하고 느닷없이 큰소리로.

"이참에 차를 새로 바꿀까. 중형차로."

하고 말했다. 그러더니,

"애 낳으면 똥차 갖고 안 되잖아. 그래 이참에 바꾸자. 차 가격 좀 알아보자" 했다.

정은 그 길로 옷도 갈아입지 않고 컴퓨터 앞에 앉아 차 가격을 비교해 본다고 정신이 없었다.

노는 이제, 집에 있기가 괴로웠다. 상심증후군에서 비전상실증후군을 거쳐 히키코모리증후군으로 여러 단계를 거치고 있는 것이다.

임신을 하고 곧바로 사표를 집어던지고 집에 들어앉으니 그렇게 좋던 게……. 이리 빨리 이리될 줄 알았으면 사표는 안 썼을 텐데. 회사생활 어언 십 년하고도 이 년, 견고한 전문직은 아니었으나 그래도 전문직 비슷했다. 특별히 어렵거나 막중한 책임을 요하는 자리는 아니었다. 큰 회사 내의 신협일이어서 매일 똑같은 업무의 반복이었다. 월급날을 기다리고 사는 직장인의 생활에 염증을 느낀 적도 많았다. 둘만 산다지만 집안일도 수월찮아서 내내 방방거리며 살았다. 동료들 중에 여자들은 결혼해서 아이가 생기면 직장을 그만두었다. 노도 아이를 낳고 키우고 육아에 전념하며 조신하게 가사노동의 삶을 살고 싶었다. 이만한 직장도 못 구해서 야단이니 해도 노의 생각은 달랐다. 아이가 크면 그때

가서 생각할 일이었다. 직장이 돈벌이밖에 안 되는 상황에서 노의 십몇 년은 청춘이 흘러가는 과정에 있었다.

8

정은 설거지를 하는 노의 뒷모습을 바라봤다.

노의 앞치마는 겨드랑이를 지나 등을 한 바퀴 휘감은 다음 끈을 다시 앞에서 아무렇게나 묶었다. 노가 두른 검은 앞치마를 정은 처음 보지만 익숙하다. 어디서 봤더라. 아, 맞다. 카페에 가면 종업원이 두른 앞치마와 비슷했다. 정은 물어보려다 관뒀다.

사람의 뒷모습은 이상한 안쓰러움을 불러일으킨다. 더구나 무방비 자세로 일에 열중하는 함께 사는 사람의 뒷모습이라면. 정의 마음에 알 수 없는 짠함과 불편과 연민과 신경을 긁는 현상이 한꺼번에 뒤섞였다. 노는 규칙적인 동작으로 팔과 어깨를 움직이며 설거지에 열중하고 있다. 정은 노의 뒷모습에서 규범에 억눌린 생을 살아온 여자의 쓸쓸함이 읽혀졌다. 정의 연민은 딱 여기까지였다.

노는 허리 아래 군살이 불어 흘러넘칠 듯 풍만해져 있었다. 정은 마치 처음 깨닫기라도 한 듯 놀라며 벌떡 일어섰다. 처음 노를 만났을 때 아무렇게나 풀어헤친 긴 머리와 무심하게 걸친 베이직한 룩이 특별한 매력으로 다가왔었다. 여성미가 강하게 풍기는 스타일링이 아닌 세팅되지 않은 덜 꾸민 순수함이랄까. 스타일리시함을 선호하는 정의 마음을 움직이게 한 노가 아니었던가.

더구나 수수하면서 욕망 없는 얼굴과 말할 때의 냉소적인 표정과는 달리 상대를 배려하는 예의가 자꾸만 잊히지 않았던 것이다. 정은 노와 소개팅 날 헤어지고 나서 집에 와 샤워를 하는데 아까 낮의 노 모습이 뚜렷이 떠올랐다. 만나고 있을 때는 아니라고, 노 같은 타입을 찾는 건 아니었다고 이미 마음을 놓고 있었다. 다음날 샤워 중에도 노의 잔상이 거듭 떠오르자 고민 끝에 애프터 신청을 하고 일 주일 후 노와 마주앉게 되었을 때 정은 어쩌면 노와 결혼하게 될지도 모른다는 예감이 들었었다. 반하지 않았는데도 결혼예감을 느끼다니, 정으로서는 무척 예외적인 느낌이었다.

노는 거실 소파에 시체처럼 앉아 있었다.

소파에 누웠다 다시 일어났다 할 때마다 인조가죽의 바직대는 소리가 의식되었다. 전에는 별로 개의치 않던 소리였다. 노는 손으로 가슴을 쥐어뜯는 시늉을 하며 묶은 머리를 풀었다 다시 묶었다. 너무 세게 묶었는지 양 눈꼬리 쪽이 당겼다. 불안증 환자처럼 초조하고 갑갑함이 더 심해졌다. 미치기 직전의 어떤 심리상태가 이럴지도 모른다. 현관문 번호키 누르는 소리가 들렸다. 띠띠띠띡 빠르게 누르고 문을 열고 닫히는 소리가 순식간에 이루어진다. 노의 가슴이 덜컹 내려앉으며 파장을 일으켰다. 허깨비같이 서 있는 노를 발견한 정이 흠칫 놀라며 다소 역정 섞인 소리를 낸다.

"안 잤어? 불도 안 켜고 뭐 하고 있는 거야?"

노는 불을 켜는 정을 노려보다 방으로 들어가버린다.

정에게서는 오늘도 엷게 술 냄새가 난다. 이런 식의 통보하지 않고 늦는 날이 요사이 부쩍 많아졌다 노로서는 정의 퇴근 후의 일과에 대해 시시콜콜 따지는 스타일은 아니나 마음을 드러내놓고 남편에게 따지는 타입은 더더욱 아니었다. 그렇더라도 표현을 안 할 수도, 아니 하기도 싫지만 싸하게 리액션을 취하는 정도에 그치는 편이었다.

노는 침대에 걸터앉아 밖의 소리에 귀를 기울인다. 정은 안방에는 애초에 들어올 마음도 없다는 듯이 건너편 방문을 여는 소리가 난다. 그 소리는 되돌릴 수 없는 막막함을 불러온다. 예전의 평화로는 되돌아갈 수 없다는 듯 문 닫는 소리는 막막하고 절망적으로 들린다. 잠시 후 욕실로 들어가는 소리가 나고 변기통 뚜껑이 쿵 떨어지는 소리, 신문 뒤적거리는 소리가 들려온다. 노는 그 소리들을 채집이라도 하듯 놓치지 않고 듣고 있다.

노는 불을 끄고 침대로 들어갔다. 아랫배가 싸르륵 아픈 듯한 느낌이 왔다. 약하지만 아픔은 구체적으로 느껴진다. 잠옷 바지를 왼손으로 내리고 아랫배를 만져본다 차가운 손의 감촉이 배에 닿자 손이 따스해진다. 잠시 그대로 손을 배에 얹은 채 있어 본다. 통증은 안 느껴진다. 손을 아래로 천천히 밀어본다. 거웃을 쓰다듬는다. 욕망을 누르고 다시금 눈을 감는다. 욕망 같은 건 언제적인지 모를 정도로 까마득하다. 잠시 그러고 있다 노는 생각을 바꿔 손을 꺼내 이불 위로 올리고 억지로 잠을 청한다.

정의 일거수일투족이 노의 정신상태에 영향을 미쳤다. 하루를 보내는 게 고역일 만큼 시간은 지루했다. 지루한 인생이라는 생각이 들자 노는 막 슬퍼졌다. 천천히 청소기를 밀었고 천천히 설거지를 했다. 세탁기에서 꺼낸 빨래를 탁탁 소리 나게 털어 손가락으로 펴서 꼼꼼히 널었다.

마트에 가서 장을 볼 때는 필요 없는 물건의 가격표까지 들춰보았다. 서둘러 노인이 된 듯한 착각마저 들 만큼 느리게 행동했다. 어떤 날은 장 본 봉다리를 들고 마트 구석에 있는 자판기 앞 벤치에 앉아 한 시간 이상을 멍청히 보낸 적도 있었다. 시간은 가는데 시계추는 묵직이 움직여 하루가 두 배로 흘러가는 것 같았다.

노는 또 다시 버릇처럼 7년 전을 기억해냈다. 기억은 싱싱해서 그것은 때로 열정, 젊음, 반칙, 그런 감정의 단어처럼 아름답게 설렜다. 언뜻 언뜻 회상할 때마다 상습적으로 꼭 대낮의 침대가 떠올랐다. 열정적인 편이 아닌데도 정은 가끔 노를 침대로 이끌었다. 환한 대낮의 정사가 내키지는 않았지만 노는 정의 뜻을 따랐다. 대낮의 정사 때는 격한 정사보다는 차라리 평화에 가까운 정사였다. 정은 낮엔 특히 몸을 천천히 움직였고 길게 시간을 끌었다. 노는 정의 동작에 이끌리며 이 생각 저 생각을 하며 행위를 마치고는 했다. 대낮의 정사를 기억해낼 때마다 노의 몸은 데워지고 열기가 올랐다. 노는 어쩌면 그 기억만으로도 평생 행복할 수 있다고 생각하는 듯했다. 정과 함께한 수많은 낮과 밤이 있지만 그 장면이 유일한 기억이듯 짧게 하중처럼 오래 머물다가 사라졌다.

도무지 잠이 오지 않았다. 노는 일어나 불을 켰다. 갑자기 밝은 빛이 들어오자 눈이 심하게 아프고 뜰 수가 없다. 아픈 눈이 제자리를 찾기까지 몇 초가 흘렀다. 다시 일어나서 침대 밑으로 내려갔다. 두 무릎을 세우고 양팔로 무릎을 껴안고 얼굴을 묻었다. 그렇게 오래 얼굴을 파묻고 앉아 있었다.

정의 샤워 소리가 들려왔다. 정은 화장실에 들어가면 변기에 오래 앉아 있는 습관이 있다. 30분은 기본으로 신문을 샅샅이 보고 나오곤 했다. 샤워기 물 떨어지는 소리가 들리기 시작했다. 노는 형광등 불빛 아래서 희미하면서도 구체적인 목욕의 소리들을 다 들었다. 정이 문을 열고 나오는 소리, 벗은 옷을 들고 뒤 베란다로 걸어가는 소리, 세탁물을 가지고 뒤 베란다로 가는 것이리라, 노는 안 보고도 알 수 있다. 그리고 이윽고, 맞은편 방문을 열고 들어가는 소리 뒤에 방문 닫히는 절벽 같은 소리.

노는 불을 끄고 다시 침대로 기어들어가 억지로 잠을 청했다. 잠시간을 놓치면 쉽게 잠을 이룰 수 없는 못된 버릇은 항상 진행형이었다.

노는 분연히 일어나 부엌으로 나가 싱크대 양념통들에 섞여 있는 마시다만 정종 뚜껑을 열었다. 한 잔을 따라 싱크대에 기대서서 털어 넣었다. 그 맑고 연한 녹차 같고 찌릿한 액체는 노의 입술로 들어가 목을 타고 내려 내장의 구불구불한 길을 돌아 저 골목 끝까지 갔다. 아릿한 통증이 노의 몸에 퍼졌다. 노는 아무도 없는데 수줍은 듯 얼굴을 붉혔다. 연달아 세 잔을 마시고는 잔을 들어 머리에 올려 어떤 제스처를 하고 얼굴을 찌푸렸다. 노는 드라마에서 공허한 어떤 여배우가 하던 씬을 따라해본 것이다. 노는 즉각적인 반응을 보이는 이 액체가 좋았다. 좋아한 지는 얼마 되지 않았지만.

노는 이제는 기억조차 없는 7년 전을 또 다시 떠올렸다. 열 달을 채우고 아이가 세상에 나왔다면 이 상황은 안 되었을까. 노는 어떤 서러움에 젖어 가슴에 물이 차오르는 듯 벙벙함을 느꼈다. 이제는 기억조차 없는 아이가 아닌 먼 과거의 아이를 떠올렸다. 무수한 아이들이 생겨나고 생겨나다가 죽고 그럴 거였다.

노는 방으로 들어와 정종의 힘을 빌린 잠을 청했다. 노는 근래에 자주자주 정종을 마시고 잠들었다. 잠만 들 수 있다면 이 방법은 꽤 괜찮아 보였다. 밤새 긴 꿈을 꾸었다. 대부분 그렇듯 꿈속은 비현실적이지만 과장된 현실이었다. 꿈은 대개 희한하고 현실에서 있을 수 없는 일이 일어나지만 이번 꿈은 우스꽝스러울 정도였다. 노는 친구 몇 명과 담소를 나누고 있었는데 앞니 하나가 갑자기 빠져버렸다. 노는 이를 손바닥에 쥐고 어쩔 줄 모른다. 그때 노 옆에 있는 친구가 (갑자기 나타나서 처음 보는 사람인데 친구라고 했다) 자기 남편이 치과를 하는데 데려가겠다고 했다. 그녀는 금세 어디론가 가더니 차를 몰고 와서 노를 뒷좌석에 태웠다. 그녀의 아이들인 남매도 차 안에 있었는데 어쨌든 차는 출발했다. 노가 이상해서 보니 차는 백을 한 채로 달리고 있었다. 그녀는 차를 앞으로 달리는 것처럼 백으로도 서툴지 않게 씽씽 잘 달렸다. 마침내 치과에 도착했다. 치과에 들어가니 초딩 같은 아이들이 단체로 줄을 서서 기다리고 있다. 노는 언제 내 차례가 올까 하며 기다리고 있던 중 꿈에서 깨어났다. 꿈은 언제나 뭘 기다리거나 어딘가를 가고 있거나 하지 실행하는 일은 드물었다.

유산 후 노는 별것도 아닌 일에 열중해 있을 때가 많았다. 청소기를 세 번씩 돌리거나 화분에 물 주면서 물이 넘쳐 흙이 밖으로 나왔다. 베란다 턱에 이불을 말려놓고 하염없이 밑을 내려다보고 켁 침이라도 뱉고 싶어져서 정말 자기도 모르게 침을 뱉을까봐 얼른 들어간다. 또 노는 싱크대에 선 채로 프라이팬을 신경질적으로 긁어댔다. 나무주걱으로 해야 될 것을 숟가락으로 하고 있으니 더 신경질적으로 들렸다. 프라이팬은 분명 못 쓰게 될 것이다. 그 소리를 듣고 있는 정은 짜증이 폭발한 표정을 짓고는 했다.

9

노가 몸과 정신의 허기에 익숙해져 있을 무렵 어느 날 느닷없이 정이 말했다.

"제주도로 발령 났어. 다다음 주부터 출근이야."

"뜬금없이 뭔 제주도?"

노는 놀라운 소리로 되받았다.

"급하게 그렇게 되었어. 공석이 있었잖아."

"공석이 있는 줄 내가 어떻게 알아?"

이어 제주도는 다들 기피하는 데잖아?라고 노는 묻기가 싫었다. 설마 지금 장난치는 거 아니지?라고는 더더욱…….

"짐은 어떻게 싸면 되는데?"

대신 퉁명스럽게 물었다. 정과 노의 단답형 대화는 그리 오래 전의 일이 아니다. 2월 셋째 주 금요일 저녁이었다.

퇴근해 돌아온 정은 현관에 들어서자마자 말했다. 자원하지 않으면 발령 내주지 않는 곳이 제주도인데 다른 직원들은 발령이 날까봐 무서워하는데……. 설마 자원했겠나 했다. 상의도 없이 혼자 독단적인 결정했다고 투정부리고 억지 부릴 수 있으면 차라리 좋은 상태였다. 한 번 싸우고 끝나면 되니까. 허나 이건 그런 류의 단순한 문제가 아니었다. 정과 노의 사이가 벌어지기 시작한 것은 노가 계류유산을 하고 난 뒤부터다. 그 동안의 애정이, 믿음이, 사랑이라고 믿었던 감정이 하루아침에 없었던 듯 사라지고 냉랭해졌다. 사람 사이에 충분히 그럴 수도 있었다. 개인의 감정은 부부 사이와는 별개다. 이것은 무엇으로도 표현할 수 없는 인간의 이기적인 마음변화다.

유산 후 언제나 한 뼘쯤 일 미터 정도의 간격으로 살았다. 정이 한 발 다가가면 노가 일 미터 밀어내고 노가 다가가면 정이 일 미터 정도 뒷걸음치고. 위선을 모르는 순진한 사람 특유라고 하기엔 사람의 마음은 알 수 없는 것이라고밖에 설명이 안 되었다. 두 사람 사이는 평행선을 달렸다.

정도 예외는 아니었다.

삶의 방식에서 정은 타협보다는 독단적인 생각을 밀고 나가는 편이었다. 절대적인 고집을 부리는 사람 앞에서는 져주었다. 스스로의 고립을 택했고 차창 밖의 풍경이 흘러가듯 먼 풍경처럼 바라보는 것에 머물렀다. 그랬기 때문에 작은 어떤 것 하나도 놓치지 않는 노의 섬세함에 경외감이 들었던 적도 있었다. 정으로서는 감탄스러울 뿐, 그것도 잠시 노의 편집증이 이해가 안 갔고 답답하기만 했다. 모든 것은 시간이 해결해주지 않던가. 팔십의 절반인 삶의 경험이 증거인 것이다. 시간이 가면 상처가 아물듯 다시 처음으로 되돌아와 있으리라는 것을 정은 믿었다.

노는 유산 후 몹시 힘들었던 시기를 넘겨야 했음에도 증후군이라고 할 수 있는 어떤 상황과 기미는 현재진행형이었다. 심하게 다투지도 냉전 상태로 말을 안 섞기도 안 하고 이런 틈이 벌어지다니, 이런 관계란 대체 뭘 의미하는지 노는 이런 상황이 싫다. 이 상황을 끝내고 싶다. 노가 보기에 정은 대체 뭔 맘일까 알 수가 없다. 겉으론 차분하고 태연해 보인다. 안 그래도 없는 말수가 반 이상으로 줄었고 성이 나 있는 듯 안 나 있는 듯하면서도 가까이 갈 수 없는 냉랭한 태도가 질리도록 모멸감을 준다.

정도 그랬다. 노의 태도를 이해할 수 없다. 침울한 표정이 안 돼 보이다가도 가까이 갈라치면 전에는 느껴보지 못했던 벽이 몇 겹이다. 정의 말을 개무시하는 듯한 무관심의 태도와 십 킬로 이상 불었음직한 몸도 환멸스럽지만 방 하나가 꽉 차도록 아기 방을 꾸미고 날마다 애기용품을 사들이는 것은 참을 수 없는 억지에 정신나간 여자의 행동이다. 노는 미친 걸까, 정은 그런 생각까지 해본 적 있다.

이제 노의 전용이 된 안방은 흰 레이스커튼이 쳐져 있고 창가에는 아기 침대가 놓여 있다. 아기 침대는 포근하게 담요가 깔려 있고 새와 물고기가 그려진 연하늘색의 보기만 해도 포근한 이불이 덮여 있다. 침대 위 천장에는 반짝이는 은하수가 박혀 있다. 비싸 보이는 수입제 모빌은 아기가 쳐다보며 까르륵 웃는 소리가 들릴 만큼 화려하게 대롱거린다.

방 한 쪽에는 유모차가 놓여 있고 하늘색 어린이용 책장에는 동화책이 꽂혀 있고 바퀴 달린 행거에는 저렇게 작은 옷이 몸에 들어갈까 싶은 점퍼와 스웨터 등이 걸려 있다. 게다가 앉아서 볼일을 보는 손잡이가 달린 변기통에 인형과 장난감이 눈에 띄게 늘어간다. 아기가 잠을 자고 볼일을 보고 걸음을 떼면서 커가기에 필요한 모든 것이 갖춰져 있는 셈이다.

정 없이 노 혼자 꾸미는 방은 관객 없는 무대다. 연습이 아니다. 노는 어쩔 수 없이 허탈함을 느끼지만 멈출 수 없다.

대체 노의 심사는 뭘까. 정의 마음이 닫힌 것은 언제부터인 걸까. 정은 그 방에는 들어가지도 눈길도 안 준다. 어쩌다 방문이 빼곡히 열려져 있는 걸 본 적은 있다.

10

정은 인생을 그냥 흘러가는 대로 놔두기로 했다. 억지로 해서 달라질 건 없었다. 아기가 없으면 없는 대로, 그러나 노에게 전염된 듯 막상 노가 유산하자 아기가 있는 삶이 더 좋을 것 같다는 생각이 들긴 했다.

노가 임신한 것 같애,라고 했을 때에는 정말 기뻤다. 정은 노의 배부른 모습을 상상했다. 다정다감한 성격은 못되나 좋은 아빠는 될 수 있을 것 같았다. 그럴 자신이 있었다. 태어날 아기를 위해서 타고 있는 SUV 차량을 중형 세단으로 바꾸기까지 했다. 지루하고 권태로운 생활에 아기가 태어나면 뭔가 흥미로운 생활이 될 거라고, 신선한 기대감으로 들떴다.

그러나 꼭 아기가 있어야 하는 것은 아니었다. 노가 여러 가지 증후군에서 벗어나지 못하는 것이 지겨웠다. 노의 집착이 지겨웠다. 그 모든 것에서 벗어나서 홀가분하게 있고 싶을 뿐이었다. 그러니 제주도에 자원한 것이고 좀 떨어져 지내다보면 원상태로 돌아가지 싶은 막연한 생각이 들었을 뿐이다. 남자란 어쩌면 여자와 달리 어렵게 생각 안 하는 존재고 상황에 부딪쳐도 비켜가는 단순한 존재인지도 모른다.

정이 달랑 캐리어 하나만 끌고 떠나버리자 노는 혼자 남겨졌다. 혼자 있는 시간이 익숙해지지 않았다. 정이 없는 자리는 컸다. 처음은 친정에 가서 지냈다. 노의 어머니는 노를 안쓰럽게 바라보다가 외출해버렸다. 노는 할 일이 없었다. 친정도 자기 집이 아니니 불편했다. 일 주일쯤 있으려니 했는데 이틀 밤을 자고 와버렸다. 노는 아기 방이 꾸며진 안방에 틀어박히는 것 말고는 할 게 없었다. 정은 비전상실증후군에서 히키코모리증후군으로 옮겨간 노를 처음엔 인지하지 못했다. 막연히 상심으로 인한 증상으로 여기고 시간이 가면 나아지려니 했다.

노의 어머니는 볼 때마다 딸을 채근했다. 집 정리하고 정이 있는 제주도로 가라며 불같이 화를 냈다.

정이 제주도로 가고 노는 참 쓸쓸했다. 혼자 남은 자의 쓸쓸함은 온전히 노의 몫이었다. 정 혼자서 결정했다고 짐도 대충 챙겨줄 만큼 소홀이 한 것도 후회가 되었다. 크나큰 간격이 생겨버린 것 같아서 마음 붙일 곳 없는 사람처럼 외롭고 적막했다. 그리고 1년여, 정은 한 달에 한 번씩 왔다. 손님처럼. 와도 맞은편 방에서 자고 다시 갔다. 의무적으로 오는 것 같았다. 어떻게 부부 사이가 이렇게 어색해지고 서둘러 노부부가 된 듯이 구멍이 숭숭 뚫려버린 것인가. 어디서 잘못된 것일까. 유산 후 노가 히스테리를 부려서 깊다고 믿었던 사랑도 허술히 무너지고 어쩌지 못하는 것이 결국에 남녀관계인 건가. 떨어져 있다 만나니 더 어색해졌다. 붙어 있었다면 더 살가웠을까. 서먹함은 오래 갔다. 서먹함이 이런 것인 줄 몰랐다. 빵부스러기가 붙을 수 없듯 정과 노도 빵부스러기처럼 물기 없이 퍼석퍼석 흩어졌다.

적어도 노는 한 가정이 손을 대면 모래성처럼 와르르 무너진다는 의심은 해본 적이 없었다. 허나 요사이 자꾸만 그런 해괴한 생각에 시달렸다. 예기치 못한 상황은 갈수록 꼬여가고 더 엉켜드는 것이다. 노의 기준으로 보면 정은 알다가도 모를 사람이었다. 노는 밤마다 정종을 마시고 잠들었다. 정종을 마시면 잠이 이처럼 다정한 친구가 없었다.

노는 임신하고 엄청난 육아서를 사서 다 읽었다. 아기 젖병 소독하는 법, 예방접종에 관한 모든 것, 말 못하는 아기의 배앓이 같은 구체적인 것까지……. 그러나 그 모든 것은 허사가 되고 말았다. 노는 마치 그 모든 일이 거짓말 같기만 했다.

노는 앞 베란다에 나와 밖을 내다보며 우두커니 서 있다. 계절은 봄인데 봄기운은 없었다. 싸늘한 바람이 불어왔고 빈 나뭇가지가 출렁였다. 오 층이지만 베란다 턱에 두 팔을 맡기고 밑을 내려다보니 핑 하면서도 가까워보였다. 베란다 턱에 두 발을 올리고 사뿐히 뛰어내리면 잔디밭에 포근히 몸이 닿을 듯했다. 노는 밀어놓은 방충망을 닫고 새시문도 닫았다.

정이 가버리자 아무 할 일도 없었다. 노의 어머니는 정을 따라가지 않는 노를 나무랐다. 부부는 좋든 안 좋든 살을 비비며 살아야 하고, 정이 있든 없든 한 이불 속에서 자야 한다고 누구나 다 하는 말을 했다. 그러더니 노가 따라가지 않는다고 안 데리고 혼자 가버리는 인정머리 없는 사람 어쩌고 하면서 정에게 말화살을 돌렸다. 바위같이 차가운 인상이 앉은 자리에 풀도 안 날 거라며 정 앞에서 곰살 맞게 굴던 건 어디로 가고 정을 힐난했다. 노가 "듣기 싫어. 그런 얘기" 할 때까지 화풀이하듯 주절거리기를 끝없이 반복했다.

노는 샤워를 하고 거울 앞에 섰다. 아무 것도 걸치지 않은 맨 몸은 왠지 초라해 보였다. 아무 수식이 없는 빈 육체는 노의 정체성마저도 없애버린다. 옷을 입고 나서야 사람의 정체성은 완성되는 것인가. 노는 오직 육체뿐인 육체를 바라본다. 배는 동그랗게 부푼 적도 없다는 듯이 홀쭉했지만 아랫배는 초기 임산부처럼 나왔다. 노의 몸은 흘러넘칠 듯 살이 쪄 있다. 몸매는 흐트러지고 다시는 예전으로 돌아가지 못할 것이 분명해 보인다. 몸매가 흐트러지는 데는 오랜 시간이 걸리지 않았다. 노는 배를 쓰다듬어 본다. 임신한 적도 없고 있다 해도 환상 속에서였던 듯 배는 밋밋하고 차가웠다.

11

첫 비행기를 타고 온 주말 오전 정이 집에 들어오자 노는 잠에서 깨어나지 못하고 있었다. 오전이 다 지나가려고 한다. 한낮인데 커튼을 쳐서 방은 어둑침침하다. 정이 방문을 열고 들어와도 기척이 없다. 침대 옆에 빈 정종 병이 있다. 정은 경악했다. 정의 얼굴에 낭패감이 뒤덮였다. 이 한 장면이 그 동안의 상황을 말해주고 있다. 정은 어리벙벙한 표정으로 침대에 걸터앉았다. 물론 이 상황까지 오게 된 경위는 정의 잘못이 클 것이다. 노를 다독이지 못하는 것, 적극적으로 노의 마음을 알아주려 노력을 안 하는 점, 관계회복을 위해 최선을 다하지 않은 것 등 또 있을지도 모르겠다.

노는 한참 후 가까스로 일어났다. 잠에 취한 표정이 가관이지만 정은 내색 않고 무슨 잠을 그렇게 자? 하고 말았다. 이후에 오는 신경전과 우울증의 잔여물과 어쩌면 또 다시 시작될지도 모르는 침묵 따위가 성가셔서일 것이다.

"그만 자고 일어나 밥 먹으러 가자" 하고 정은 아무렇지도 않은 듯 말했다.

노는 현기증이 이는지 손을 머리에 짚고 사방을 둘러봤다. 정을 확인한 후 휴, 한숨을 내쉬는데 술 냄새가 났다. 노는 술을 입에도 못 대는 사람이었다. 노가 술 마시는 걸 본 적도 없었다. 정은 이 상황을 대처할 해답이 즉각 떠오르지 않았다.

다만 "술 마셨어?" 대충 묻듯이 심상하게 물었다.

"아니 그냥 잠이 안 와서……" 하고 노도 대충 넘겼다.

발령 받았다며 정이 제주도에 갈 때 노는 따라가지 않았다.

정은 사택이 있으며 가구는 딸려 있고 밥은 대주는 식당이 있다고 했다. 한 달에 두 번씩은 올 거라고 했다. 노의 어머니는 "같이 가는 게 맞다"고 했지만 노는 안 갔다. '혼자 마음대로 정한 일인데 내가 왜 따라가.' 곧 입 밖에 나올 것 같은 말은 묻었다. 대신 "사택에 살림살이 다 있다는데" 하고 말았다.

정이 자원해서 간 것을 알 리 없는 노의 어머니는 노 보고 왜 따라가지 않냐고 계속계속 채근했다. 그럴 때면 노는 '잠깐만 근무하면 곧 다시 오게 될 텐데 뭘' 하고 넘겼다. 노의 어머니는 끈질기게 포기하지 않고 간섭했다. 참견은 노의 어머니 특징이기도 했다.

정이 제주도로 가고 노는 마트에 가서 장 볼 일도 없었다. 그러나 노는 주기적으로 마트에 갔고 주기적으로 냉장고를 채웠다. 야채는 시들어갔고 우유 같은 유제품은 유효기간이 지나면 버렸다.

정이 가고 노는 텅 빈 집에서 아침에 일어나고 밤이 되면 잠을 잤다. 다른 점이라면 아침에는 따분해질 때까지 침대에 누워 있는 점이 달랐다.

정은 한 달에 한 번 왔다.

타이밍이란 간발의 차이로 놓친 기차 같다. 둘에게 다른 점이 있다면 노는 어서 빨리 가족을 만들고 싶고 정은 아무려나 가족이 생기면 좋고 안 생기면 안 생긴 대로 그런 면에서 둘은 간발의 타이밍 차이다.

정과 노는 실로 오랜만에 거리로 나와 브런치 카페에 마주 앉았다. 마주앉자 이상하게 새로운 듯한 감정이 두 사람 사이에 생겨났다.

접시에 담긴 샐러드를 서로 많이 먹으려고 다투듯 포크로 찍었다. 빵을 스프에 적셔 먹고 마지막까지 남기지 않고 싹 비운 접시를 내놓았다. 두 사람은 말은 별로 없으나 서로 통하듯이 익숙한 관계에서 오는 친밀함과 이물없음과 자연스러운 가운데 식사를 마쳤다.

정은 그냥 모른 체하기로 했다. 술은 왜 그렇게 마시는 것이며 시시콜콜 따지는 것은 어차피 관계회복에 도움이 안 될 것임을 알아서다. 식사를 끝내고 난 후의 느긋함에 기대어 심상하게 한마디 했다.

"내일 나랑 제주도 같이 가자. 그렇게 할 거지?"

이상하게 이 한마디에 노는 목이 메어 눈이 그렁해진다. 대답을 하진 않지만, 고개를 끄덕이진 않지만 당근이지, 속으로 삼킨다.

2부

1

노는 결혼해도 혼자 사는 것 같았다. 정은 정대로 노는 노대로. 각자의 삶을, 각자의 방식으로, 각자의 방에서, 각자 살아갔다. 이런 느낌이 구체적으로 들자 노는 기분이 쓰라렸다. 마지막 기로에 선 듯 참담해졌고 마지막에는 허탈한 웃음이 나왔다.

정이 제주도로 가버리자 혼자 있게 된 노는 자격지심과 피해망상 사이를 오락가락했다.

정을 보면서 노는 결혼의 무의미함을 느꼈다. 노가 끼어들 여지가 없었다.

정도 마찬가지였다. 정이라고 이런 느낌에 사로잡히지 않지는 않았다. 노를 보면 자기주장이 약한 듯했으나 알고 보면 자기 삶의 주장이 강한 편이었다. 양보를 한 듯하면서도 결국에는 자기 식대로 결정지어 있곤 했다. 정이 끼어들 여지가 없었다.

두 사람 다 어쩌다 이렇게 되었을까, 반추해보지 않았다. 어떤 결말에 이르러서야 회한이 들었다. 결혼생활도 사회생활의 기초여서 잘해야 했다. 어느 지점부터 잘못 끼워진 것일까. 잘못 끼워진 단추를 채우려면 처음부터 다시 끼워야 하는데…….

제주도에 갈 결심을 굳히고 노는 안방의 아기 물건들을 다 버렸다. 차곡차곡 박스에 넣고 스마트폰을 검색해 집에서 가장 가까운 보육원에 택배를 불러 보냈다. 텅 빈 방에 앉아 감상에 젖어들었다. 두 무릎을 포개고 앉아 다 산 노파처럼 행복했던 순간과 해묵은 슬픔과 서글픈 지금의 모습을 뒤엉켜 생각하자 눈물 한 줄기가 노의 뺨을 타고 흘러내렸다. 노는 자신의 긴 청춘이 끝났음을 아프게 받아들였다. 며칠째 치우지 않고 드러누워 지내던 침대에서 일어나 짐정리를 하기 시작했다.

2

침대를 들이고 커튼을 달고 나자 집안은 꽤 아기자기해졌다. 적어도 혼자 사는 홀아비냄새나 삭막함은 가셨다. 정도 혼자 있는데 대한 나름의 불편과 공허가 있었던 듯 기분이 좋아보였다. 낮에 혼자 있는데 초인종이 울렸다. 출근하면서 정이 "아랫집 김 과장 부인이 놀러 올지도 몰라. 친하게 지내봐" 하던 말이 떠올랐다. 문을 여니 한눈에 봐도 미인인 여자가 서 있었다.

"아래층에 살아요. 우리 딸딸이아빠가 올라가보라 해서요" 하면서 슥 들어왔다. 바나나와 사과, 귤을 담은 봉지를 내밀었다.

"우리 딸딸이아빠와 정 과장은 같은 사무실이고 절친이에요. 혼자 있을 테니 친구하라던 걸요. 실롄가요?"

"아 아니에요. 어서 오세요."

"가끔 우리끼리 만나서 술도 한잔 하고 그래요."

"네에, 얘기 들었어요."

"근데 정 과장 자원했다던데……. 맞아요?"

노는 아, 예에……. 말꼬리를 어색하게 자른다. 아무래도 이 여자의 특징은 돌직구에 도발적이기까지 한 모양이다.

"근데 남편을 일 년씩이나 혼자 있게 하다니, 암튼 잘 온 거라고 우리 딸딸이아빠가 그러던 걸요."

"아, 예에……. "

"뭐 그럴 만한 사정이 있었겠죠? 제주도가 쉽게 마음 정할 곳은 아닌 건 분명하니까."

두 사람은 어색하게 마주앉아 차를 마시고 과일을 먹었다. 노의 태도가 긴장돼 보였는지 여자는 과하게 웃으며 자잘한 것들을 물었다. 뭔가를 묻는 것만큼 어색함을 뒤덮는 것도 없다. 노는 속으로 불편하다는 생각이 들었지만 최대한 장단을 맞춰주려고 노력했다. 아래층 여자의 싹싹함이 빠르게 어색함을 뒤덮고 오래된 친구처럼 편해지기까지 그리 오래 걸리지 않았다.

두 번째 만남은 여자가 왔던 주의 주말이었다.

정이 아래층 부부에게 밥을 산다고 하면서 사택으로 들어오는 길목에 있는 고깃집에 노를 데리고 갔다. 한 팀만 앉을 수 있게 따로 된 방에서 정과 노가 기다리니 쌍둥이같이 고만고만한 딸 둘을 앞세우고 김 과장과 여자가 들어왔다. 노를 제외한 세 사람은 무척 친해 보였다. 딸아이들도 아저씨 하며 정에게 스스럼없이 안겼다. 분위기로 봐서 노 빼고 다 허물이 없어 보였다. 정이 가끔 김 과장네에 가서 저녁을 먹을 때도 있다고 했던 것을 기억해냈다. 친밀한 사람들이 그러는 것처럼 약간의 농담과 말투의 이물없음이 그들의 대화 속에서 나왔다. 물에 물이 섞이듯 아주 자연스러웠다. 노는 잠깐 섞이지 못하는 이질감이 크게 다가왔다. 정이 혼자 와 있는 일 년여의 시간은 큰 것이리라. 일 년여의 시간은 어쩌면 아주 소중한 무엇을 만들기에 충분할지도 모른다는 생각이 스쳤다. 정과 노가 사귀었던 일 년처럼 말이다. 그들만의 세계에 노가 발을 잘못 들여놓은 느낌의 어색함이 노의 가슴을 후벼파고 지나갔다. 딸딸이들도 아저씨, 아저씨, 하며 정이 주는 음식을 받아먹었다. 노는 자신이 몰랐던 정이 사는 세계를 조금은 알 것 같았다. 섭섭함 같은 소외된 감정이 소낙비처럼 몰아쳤다. 비싼 것을 잃어버렸을 때의 허전하고 텅 빈 감정이 가슴을 무겁게 쳤다. 노가 빠진 어떤 세계의 간극이 크게 느껴졌다. 어떤 의미에서는 동료가 가족보다 더 끈끈한 관계가 될 수 있을지 모른다. 노는 정과 김 과장네와 함께 있지만 홀로인 듯 이런 저런 상념에 빠져들었다.

아래층 여자는 봤던 대로 사근사근하고 친밀하게 굴었다. 다만 경계 없음이 지나친 것 같았다. 너무 사근사근한 게 흠이라면 흠일 정도로 애교가 많아서 노는 약간의 불편함을 느꼈다. 그 점만 빼고는 친근한 이웃으로 부족할 게 없을 것 같았다.

밥을 다 먹고 나자 정과 김 과장은 둘이만 아는 얘기를 했다. 주로 회사 내에서 일어나는 일과 관련된 문제들이다. 노와 여자도 자연스럽게 이런저런 얘기를 했다. 주로 생활에 관련된 화제로 모두 다 하나마나한 것들이었다. 딸딸이들은 연년생으로 각자 메고 온 배낭에서 인형을 꺼내 머리를 빗겨주고 옷을 입히고 논다고 정신이 없었다. 딸딸이들은 각자 놀다가 싫증나면 둘이 뭉쳐서 놀았다. 딸딸이들은 연년생으로 초등학교 일 학년과 유치원에 다닌다고 하니 학교와 유치원 친구는 얼마나 되는지, 노가 몰라도 상관없을 여러 가지 질문을 노는 일부러 했다.

헤어지기 전에 여자가 제안했다.

"뷰가 좋은 카페가 있는데 같이 놀러 가요. 문화센터도 같이 가고요."

"네, 불러만 주세요."

노로서는 이상하리만치 선뜻 나온 흔쾌한 대답이었다.

그날 고깃집에서 노는 이웃을 사귀기 전에 참고로 해야 할 많은 사항들을 알았다. 딸딸이는 연년생으로 초딩과 유치원에 다니고 있고 아이는 둘만으로 충분하다는 김 과장 부부의 견해를 들어야 했으며 그 이유로는 아이 하나 키우는 데 들어갈 돈이 삼억이 넘고 둘이면 육억이고 아이를 키운 후에 미치는 노후자금 따위에 관한 얘기였다.

여자와 노는 나이가 같고 여자의 시댁과 친정은 대도시로 둘은 여행 중에 게스트하우스에서 알게 되어 삼 년 연애 끝에 결혼했고 여자는 스튜어디스 시험에 잇달아 세 번 떨어지는 비운을 겪고 떠난 여행에서 김 과장을 만났다는 것, 그곳이 이곳 제주도 게스트하우스에서 합석한 자리였다는 점, 이런 세세한 사연들을 시시콜콜 들어야 했다.

3

아래층 여자가 차를 댄 곳은 해안선이 유자 형태로 들어간 e읍의 외진 마을이었다. 여자는 능숙한 운전솜씨로 마을 골목길을 구불구불 돌아 카페 입구에 차를 댔다. 카페 주차장은 잠깐만 한눈을 팔고 운전을 한다면 바다에 풍덩 빠져버릴 듯 코앞이 벼랑이었다.

'봄날' 제목이 붙은 뷰가 좋은 카페였다.

"바다색 진짜 예쁘죠. 여기만 오면 속이 확 뚫리는 거 같아."

핸드브레이크를 힘껏 끌어당기며 여자는 빠르게 말했다. 흥분돼 있는 어조다. 오늘이 네 번째 만남이다. 반말이 섞인 대화법도 이제 친숙해져서 노도 동조하며 네, 멋지네요, 감탄했다. 차를 타고 오면서 친한 사이처럼 생활에 필요한 이런저런 유익한 정보를 나누었다.

하긴 제주도니 어디를 가도 바다가 보인다. 다만 바다 빛이 얼마나 예쁘고 무슨 색인지가 관건이라고 한다. 다 같은 블루라도 영 다른 블루라고. 코발트블루인지 네이비블루인지 또 글루미블루인지가 중요하다고……. 지역에 따라 어느 곳은 밀키색이고 어느 쪽으로 가면 감청색, 군청색으로 컬러가 다르다고. 바다의 컬러에 대해서라면 이 정도의 관찰력은 있어야 된다는 듯이 여자의 설명은 집요하고 장황했다. 노가 보기에 바다색은 다 같아 보이지만 오래 보다 보면 그렇게도 느껴지겠구나 하는 생각은 들었다. 햇빛의 각도에 따라 바다색이 달라 보인다는 말로 노는 해석했다.

이른 시간이라 아직 손님은 없고 주인인 남녀가 카운터에 서 있다 어서 오세요, 인사했다.

둘은 창가에 마주앉았다.

아래층 여자는 노와 나이가 같다고 첫 만남에서 알았다. 여자는 의상에 신경을 쓴 흔적이고 세련되었다. 어쩐지 노는 세련된 사람 앞에서는 기가 죽는다. 나도 저렇게 할 수 있을까나, 어쩐지 저런 차림은 나와는 어울리지 않겠지,라는 생각보다는 단순이 세련돼서 멋지다,라는 단순한 생각만이 든다.

"젊은 애들 사이에 소문이 나서 전국에서들 몰려오나 봐요. 주말에 한 번 왔는데 이 자리에 앉은 사람이 나가니 얼른 뒤쪽에서 뛰어와 찜하더라니까. 자리쟁탈전, 장난이 아니에요."

"네, 한 번 와볼 만하네요. 제주도는 아기자기한 곳이 많나 봐요."

"그럼요. 숨어 있는 특이한 곳 되게 많아요. 와인호텔도 있어요. 방주

교회도 있고……. 그런 곳 찾아다니고 그런 게 여기 사는 위안거리예요. 주말에는 집에만 있지 말고 여기저기 돌아다녀봐요. 둘만 다니면 홀가분하고 좋지 않나?"

여자는 의식적이든 무의식적이든 노의 사생활은 묻지 않았다. 그 점이 마음에 들었다. 관심이 없어서는 아닐 거고 최소한의 교양이 있다는 태도로 받아들였다. 결혼 7년이 넘었는데도 아이가 왜 없냐느니 따위 이것저것 물어오는 치들처럼 성가시고 싫은 것도 없었다. 한 번씩이지만 서로의 집을 방문하여 티타임을 가졌다. 탐색은 그것으로 충분했다. 직원 가족으로서 지내자는 여자의 무언의 의견을 받아들였다. 노는 싫다고 할 이유도 없을 뿐더러 '사실 나는 누구와 어울리는 게 부담스러워요' 따위의 말을 해서 분위기를 악화시킬 필요까지도 없겠다 싶었다. 간격 있는 관계로 지내도 무리가 없을 것 같다는 판단을 내리고 여자의 권유를 받아들인 거였다.

"그런 데도 있어요? 사람들이 흥미를 가질 만하겠어요."

노는 장단을 맞춰주는 의미에서 여자를 바짝 바라보며 대꾸한다.

"외출 별로 안 하는 것 같던데……. 난 아이들 데리고 나갔다오면 지치고 성가스러워요. 홍대 앞 카페하고 분위기가 비슷하죠? 옆으로 게스트하우스도 딸려 있어요."

커피를 주문하고 돌아오며 여자가 말한다.

"네, 바다가 정말 예쁘게 보여서 다시 오고 싶어지겠어요."

지나치게 감성적인 것 같은 여자는 아, 너무 이쁘다, 곱하기 2를 하고 노도 웃으며 거들었다. 둘 다 환한 표정에 화사했다. 바다 칭찬은 이쯤에서 끝내고 여자는 화제를 돌렸다. 바다에 관한 대화가 아직이라면 서로 공감대가 없다는 뜻도 될 것이다.

"아직 적응하기 어렵지 않아요?"

여자가 불쑥 물었다. 노는 어리둥절한 표정으로 여자의 또렷한 이목구비를 바라봤다.

"아직 잘 모르겠어요. 답답하긴 해요."

"난 정말 적응이 안 됐어요. 첨엔 곧 떠나야 할 사람처럼 편치 않고 미치겠더라니까요. 뒤숭숭한 채로 몇 달을 지내다 체념하니 그런 대로 살 만해요. 시간이 약이긴 하죠. 육 개월에 한 번씩 나가지 않으면 지금도 미쳐버리지만요. 그래도 언젠가는 완전히 떠날 거예요. 처음엔 한 달에 한 번꼴로 비행기를 탔어요."

결국 여자는 자신의 얘기를 하고 싶어 적응하기 어렵지 않냐고 물어본 것이다. 노는 살짝 비켜난 대답을 했다.

"참으니까 참아지던가요?"

"애들이 없었으면 우울증에 걸렸을 걸요. 육아 때문에 정신없이 살아서 그나마 견딜 만한 거죠. 애들이 조금 커서 한가해지니 다시 따분해지네요."

여자는 싱겁다는 표정으로 공허하게 웃었다.

"이해가네요."

노는 별 의미 없이 대답했다. 노의 아픈 상처를 이 여자가 알 리가 없겠고 예민하게 받아들이는 것도 속좁은 행동이다. 7년 전 같았으면 아이 말만 나와도 상처를 받았겠지만 지금은 그때로부터도 꽤 멀어졌다.

7년의 세월이니 아득하지는 않지만 심상하게 받아들일 수는 있게 된 것이다.

"대체로 인간은 적응력이 뛰어난 동물 아니던가요? 여기서는 쇼핑이 제일 큰 문제긴 해요."

하며 상반된 의견을 피력하고 나서.

"내가 너무 쇼핑을 좋아해서……."

하며 여자는 손으로 입을 가리고 웃었다. 영화배우라고 할 만큼 여자의 미모는 돋보이고 세련된 스타일에 여성스러운 나약함까지 갖추어서 거의 퍼팩트했다. 여자의 말은 종합적으로 파악되었다. 결국 여자의 불만은 제대로 쇼핑을 못하는 것이 문제라고 말하고 있는 것이다.

"그냥 저냥 좋은데 쇼핑이 애로인 게 불만이라는 거네요?"

노도 여자에게 전염이 되었는지 거침없이 물었다.

"당근."

노가 보기에도 여자의 어느 구석에도 상실이나 권태 혹은 공허함은 없어 보였다. 완벽하게 세팅되어 살아가는 편안하고 만족하는 젊은 부인의 삶의 모습일 뿐이다. 그때였다. 여자의 입에서 알 듯 모를 듯한 말이 흘러나온 것은. 셀프로 나온 커피를 들고 와 탁자에 놓음과 동시였다.

"언제더라. 꽤 됐는데?"

"네? 뭐가요?"

"애들 데리고 시내 나갔다가 정 과장을 본 거 같은데……. 누구랑 같이 가는 것 같더라고요. 분명 단둘이었어. 아웃백으로 올라가던데 여자를 에스코트하고. 분명 이승희 씨 같았어. 정면으로 딱 마주친 건 아니지만 토지과 이 양이 맞더라구요."

"네?"

"참 토지과 이 양이라고 모르죠? 얼마나 미인인데……. 돌싱이라는 소문이 있어요. 내가 잘못 본 걸거야 아마. 둘이 어울릴 상황이 아니지."

여자는 입을 삐죽거리면서 노의 표정도 놓치지 않고 봤다. 앞뒤가 뒤엉킨 상황의 말을 하는데는 계산된 의도의 말을 전달하는 데 여의치 않아서일 가능성이 크다.

노가 반듯한 표정으로 여자를 응시했다.

"아니 긴가민가하더라구요. 틀릴 수도 있지 뭐. 시내 한복판이 워낙 사람 들끓는 데니……. 잘못 봤을 거야, 아마."

주차위반 딱지를 끊었을 때의 딱 열 배 정도 되는 더러운 기분이었다.

여자의 말 사이로 고요한 순간이 찾아와 0.1초쯤 머물다 사라졌다. 대화 사이에 노의 머릿속은 이미 정의 얼굴이 들어와 계속 포개졌다.

뭐야. 꺼내지를 말든가. 남의 마음 가지고 장난치는 것도 아니고. 의도는 충분히 전달받았다. 정과 토지과 이 양이라는 여자가 데이트 하는 것을 목격했다는 말이다. 노는 무심한 척하면서 세심히 귀를 기울였다. 그러나 정면으로 묻지 못했다. 이승희는 누구며 분명 함께였는지 잘 생각해 보라고. 노에게는 이 나이까지 두려운 것이 있는데 그것은 뭔가를 캐묻지 못하고 억누르는 것이었다. 이 점은 일생 바꾸지 못한 노의 상습적인 습성 중 하나였다.

말이 앞의 말을 덮고 거북하게 화제가 바뀌었다.

노는 찜찜한 채로 여자와 대화를 이어나갔다. 여기 오니 좋아하는 싱싱한 전복과 돔 같은 생선을 싼 값에 실컷 먹는다느니, 여기 사람들은 아파트보다 주택을 선호한다느니 하는 대화가 노에게는 곡절 없었다. 더 이상 풍광이나 커피 맛 따위 같은 건 눈에 들어오지도 않았다. 노는 마음의 동요를 누르느라 애를 먹었다. 앞의 여자가 알아챌까봐 노가 할 수 있는 일은 침착하게 커피를 마시는 일이었다. 커피는 시고 쓰고 독했다. 여자는 무슨 심중으로 그런 말을 흘린 걸까. 불온함을 깐 의중이라는 건 명백했다. 노에게 정을 의심해 보라고 일러바친 것이다. 악마의 속삭임 같은 여자의 말은 한꺼번에 완벽히 설명되었다. 이승희라는 돌싱 여직원이 정과 단둘이 아웃백으로 들어가는 걸 봤으니 알아볼 관계라는 것이다. 노는 커피를 조금 남겨놓고 화장실에 갔다. 화장실까지 걸어가는 동안 뒤섞인 수많은 감정들이 얽히고 설켰다. 노는 찬물을 두 손으로 받아 입안을 헹궜다. 다시 아래층 여자 앞에 앉았을 때 노의 표정은 평온해져 있었다.

4

아래층 여자와 빈 껍데기 같은 말만 몇 마디 하다 카페를 나왔다.

여자가 운전한 차를 타고 돌아오는 내내 노는 충격 받은 티를 안 내려고 안간힘을 썼다. 차 안은 검정색 벽지를 바른 방처럼 숨이 막혔다. 노는 창문턱에 팔을 올리고 바닷바람을 들이마셨다.

여자가 어색한지 "가끔 가는 옷가게에 갈 건데 같이 갈래요?" 했다.

노는 "그만 들어갈래요. 내려주세요" 했다.

여자는 사택 올라가는 큰길에 노를 내려주고 차를 돌려 나갔다. 여자의 차에서 내려 언덕길을 올라가면서 노는 여자와는 절대로 친구가 될 수 없음을 알았다.

노는 현관문을 열고 들어가서 구두를 벗으려다가 뒤돌아 밖으로 나갔다. 이대로는 퇴근해 온 정을 똑바로 마주 볼 자신이 없을 것 같기도 하고 한바탕 쑥대밭이 된 마음을 진정시킬 필요가 있었다. 사람들이 말한 드러운 기분이란 이럴 거였다. 터벅터벅 무작정 걸었지만 어디에도 갈 곳도 아는 곳도 없었다. 대낮인데 몹시 쓸쓸했고 울고 싶기도 했다.

아래층 여자에게 뒤통수를 맞고 노는 걸었다. 싸늘한 바람이 불었지만 추운지도 몰랐다. 생각해보니 여자가 찾아온 첫 날도 뒤통수를 맞았다는 생각이 들었다. 정이 자원했다고 돌직구로 알려주지 않았던가. 일부러라고 노는 결론을 내렸다.

노는 시내 쪽으로 터덜터덜 걸어갔다. 자잘한 가게들이 이어졌다. 파리바게트와 꽃집과 학원 건물과 우체국과 가구점을, 많고 많은 상점들을 지나갔다. 노는 공허하게 앞을 보며 걸어갔다. 심장이 터질 정도는 아니었지만 숨이 가쁘고 열이 차오르고 몸이 더워졌다. 성적 흥분과 비슷한 증세지만 영혼이 빠져나갔기에 성적 흥분은 아니었다. 어머니에게서 노상 듣는 갱년기 증세와 흡사했다. 더워진 몸은 좀처럼 차가워지지 않았다. 노는 편의점에 들어가 생수를 한 병 사서 벌컥벌컥 들이켰다. 편의점 지하에 노래방 간판이 눈에 들어왔다. 낮에 이런 곳에 올

일도 와본 적도 없었다.

노래방에 왔으니 노래한다는 의식도 없이 노는 우두커니 앉아 있다가 가방에서 손거울을 꺼내들었다. 엷게 한 화장은 지워지고 누리끼리한 얼굴색에 립스틱 자국은 흐릿하게 반만 남아 있었다. 노는 파우치를 꺼내 화장을 고치기 시작했다. 분을 묻혀 꼼꼼히 눌러주고 아이섀도우를 펴 바르고 마지막으로 립스틱을 바르니 몰라보게 활짝 피어나 화사해졌다. 붉은 립스틱 탓인지 스스로가 요염할 정도였다. 화려하고 싱싱하달 순 없지만 아직 그런 대로 봐줄 만한 얼굴이 거울 속에서 히죽 웃었다.

화장을 고치고 노는 아는 노래들을 하나씩 부르기 시작했다. 흥이 없는 노는 노래책을 넘겨가며 죄다 부르기로 작정한 듯 노래를 불렀다. 목이 터져라 얼마나 불렀는지 목이 아팠다.

노가 노래방에서 나올 때는 밝음과 어둠이 섞여가는 대지에 상점들은 막 불을 켜기 시작하는 시각이었다. 빠르게 어둠이 겹겹이 에워싸고 네온들이 발광하는 어제의 그 시간이 다시 찾아온 것이다. 교차로에 서서 신호를 기다리는데 '제주관광호텔' 선홍빛으로 명멸하는 간판이 찌를 듯이 눈에 박혔다. '제주'가 인식되는 순간 내가 왜 여기에 이러고 있지? 노는 끔찍한 장면을 목도라도 하듯 다리가 휘청거렸다.

노는 아까 왔던 길을 털레털레 되걸어 사택 B동 303호로 걸음을 옮겼다. 한 걸음 걸을 때마다 어둠이 쉭 덮쳐와서 어둠속에 빨려들어 점점 더 어둠속으로 빨려들어갔다. 집에서 나올 때와는 완전 반대의 기분으로 계단을 올라갔다. 노는 검은 걸음으로 검은 바닥을 디뎌 검은 세계로 걸어 들어갔다.

드디어 현관문을 열고 거실등 스위치를 올리자 집기들은 태연하게 노를 맞아주었다. 익숙한 사물이 낯설어 보였지만 그 변함없음이 새삼스러워 노는 아. 아무 일 없는 거죠?라고 물을 뻔했다.

5

그 다음다음 날인가 아래층 여자한테 전화가 왔다.

"아니 내가 계속 마음이 쓰여서……."

노는 이미 마음을 닫았기 때문에 흔들릴 일이 없었다. 정중하게 대답을 했다.

"왜 무슨 일인지 말씀하세요."

"실은 내가 그 말을 하려던 것이 아니었는데……."

"……."

"실은 나도 모르게 나와버려갖고 나도 하고 나서 많이 당황돼서……요. 그 아가씨는 토지과 이 양이 아니었어요. 잘못 본 것 같아요. 머리 긴 사람이 많지 않아요? 뒤에서 보면 다 비슷비슷하잖아요."

"아, 글쎄 됐다구요."

노는 거침없이 전화를 끊어버렸다.

6

"식초를 넣어버렸어."

노는 정을 돌아보지도 않고 말했다. 헐렁한 티를 아무렇게나 걸치고 긴 끈을 한 번 돌려 묶은 카페 종업원 같은 검은 앞치마를 두른 노의 뒷모습은 단지 뒷모습인데도 나이태가 나 보였다. 살이 찐 노의 뒤태는 누가 봐도 몸매 따윈 중요하지 않는 주의야, 하는 배경이 깔려 있다. 노의 이런 모습이 정의 눈에 새삼 또렷이 들어온다. 적응은커녕 이해해주려 해도 외면하고 싶다.

시디신 닭볶음이라니……. 설탕대신 식초를 넣는다는 게 말이 돼? 액체와 고체는 반대잖아.

입안에서 말이 돌다 도로 들어가버린다. 생각 같아서는 식탁이라도 쾅 치고 싶다. 어이없지만 정은 일어나 냉장고에서 찬물을 꺼내 따라 마시면서 다시 의자에 앉는다.

움푹 들어간 스튜 접시에 봉긋 올라오게 담긴 닭볶음은 벌건 양념만으로는 식욕을 자극하게 보였다. 노가 공기에 밥을 퍼서 정 앞으로 밀어주었다. 음식 단 것도 질색이지만 신 닭볶음은 생각만 해도 고개가 돌아간다. 정은 닭볶음만 빼고 자잘한 밑반찬으로 밥을 먹고 있다. 밥투정하는 애가 억지로 입에 밥을 밀어넣는 것 같다.

정이라고 눈치가 '노'일 리는 없었다. 노가 제주도로 오고 두 사람은 더 간격이 벌어졌다. 한 달에 한 번씩 볼 때가 그래도 나은 편이었다. 살갑지는 않아도 법적인 부부고 정은 부부의 의무를 져버리는 행동은 안 할 거라는 믿음만은 노는 강하게 가지고 있었다. 정이 노의 태도변화가 지겨워지고 불만을 토해내고 할 때는 차라리 나았다. 노의 아기방 집착이 도에 달했을 때 정은 제주도 발령 얘기를 꺼냈다. 노는 정이 자원했나 의심을 가질 뿐 돌직구로 묻지 못했다. 자원했다는 말을 정한테 듣는다는 건 모욕이었다. 그러나 제주도에 와서 아래층 여자로부터 정이 자원했다는 말을 듣는 순간 띵하니 머리가 하얘졌다. 상상했을 때와 실제는 너무 차이가 났다. 뭔가 끝났다는 절망 같은 기분은 최악이었다.

7

사택은 여행자가 머무는 게스트하우스처럼 간단하고 삭막했다. 시의 끝에 있는 나지막한 둔덕에 딱 네 동이 있었다. 연립주택이었다. 버스를 타려면 오 분 정도를 걸어 내려가야 했다. 연립의 주위에는 드문드문 밭이 있고 낮은 지붕에 정감있게 지은 개인주택이 띄엄띄엄 이어졌다. 하나같이 선명한 파란 지붕을 한 개인주택들은 마당에 귤나무 한 그루씩은 드리워져 있었다.

가구는 인조가죽 소파와 낡은 사인용 식탁과 소형 냉장고가 전부였다. 사택 입주 때 함께 들여놨는지 가구들은 오래된 티가 나고 전자제품은 구형이었다. 안방 격인 방은 커튼은커녕 얇은 이불과 요와 베개만 있었다. 정은 이 방에서 잠들고 일어나고 출근 준비를 했을 거였다. 노에게는 농담이라도 단 한 번도 사택이 불편하다든가 삭막하다든가 따위의 말은 꺼낸 적이 없었다.

노는 정이 제주도에 근무를 하는 동안 단 한 번도 와보지 않았다. 정은 모범적이고 규칙적인 학생처럼 한 달에 한 번꼴로 집과 제주도를 왕래했다. 빨랫거리조차 가져온 적이 없었다. 와봤자 주말이라 자동차로 한 시간 반이 걸리는 정의 홀로 사는 모친께 정과 노가 다녀오면 마지막 비행기를 타러 공항으로 떠났다.

지은 지 오래된 낡은 사택은 방 두 칸에 주방과 욕실이 있었다.

노가 제주도에 와서 제일 먼저 한 일은 음식을 만드는 일도 청소를 하는 일도 아닌 시내에 나가 침대를 사서 집으로 배달한 일이었다. 더블사이즈 침대가 들어오자 방은 꽉 찼다.

노도 좋았던 시절이 있었다. 무뚝뚝한 정이 언젠가 도자기 접시를 사온 적이 있었다. 노는 장 봐온 식재료로 냉장고를 채우다가 그것을 기억해냈다. 뒤이어 이런 생각이 들었다. 정을 아는 척도는 무엇일까. 노에게는 발령났다고 거짓말했다. 자원했다는 말은 아래층 여자로부터 들었다. 제주도는 풍광이 아름다운 곳이니, 휴가지 같은 제주도에 자원한다면 남이라면 이해됐겠지만 가장 가까운 사람이라면 배반감에 치를 떨게 된다. 7년을 함께 살았고 집을 두고 창고 같은 이 황량한 사택에서 살 만큼 정의 마음이 이해되지 않았고 속으로는 배반당한 기분에 절었다.

노는 쉬지 않고 집을 꾸몄다. 집안은 제법 아기자기함을 띠기 시작했다.

"직원들을 초대해야겠어. 이번 주 금요일 저녁 식사에……."

싱크대에 서서 등을 보인 노가 말했다. 밥을 먹고 있던 정을 뒤돌아보지 않은 체였다. 아래층 여자와 e읍 카페에 다녀온 지 이 주일이 지난 어느 날이었다.

정의 눈이 휘둥그레지며 무슨 말이야? 했다.

"그래도 내가 당신 부인이잖아. 집들이는 하고 넘어가야지. 안 그래?"

"안 해도 돼."

정이 단호하게 말했다.

"아니야. 내 입장에선 그래야만 해. 나는 살아 있는 사람이잖아."

"누가 뭐라 그래?"

"아무튼……. 난 할 거야. 모레 금요일 저녁 7시야. 직원들 몽땅 다 말해. 이승희도 데리고 와. 꼭."

"뭐 누구?"

"이승희. 아가씬가 돌싱인가 모르지만 데리고 오라고."

"뭐라는 거야. 도대체."

집들이 때 이승희가 왔다.

노는 신경을 집중해서 정과 이승희를 눈여겨 봤지만 아무 것도 알아지지 않았다.

이승희는 젊음 특유의 싱싱한 매력이 있었다. 노가 볼 때 미인까지는 아니었다. 아래층 여자는 왜 미인이라고 감정까지 넣어 강조해서 말했을까. 예쁜 기준도 주관적이라 누가 보느냐에 따라 각각 다르다. 이승희는 젊어서 미인 소리 듣지 노가 보기에는 평범했다. 노는 티 안 나게 이승희를 훔쳐봤지만 두드러진 매력은 없어 보였다. 평범하지만 참하게 보이고 작은 체구에 살결만을 몹시 희었다. 모두 돌아가고 난 뒤 뒤늦게 노는 이승희가 커다란 장점을 가지고 있다는 게 알아차려졌다. 참해보여서 오래 눈여겨보면 눈에 띌 타입이라는 것이다.

인생을 다시 시작한다면 잘 할 수 있을 것 같아도 또 똑같은 실수가 반복되는 게 인생일지 모른다. 전혀 다른 사람과 새로 시작한다고 해도 여전히 다른 문제점이 생길 수 있다. 노는 한숨을 쉬었다. 일어나 부엌에 가서 찬물을 두 컵이나 마셨다. 밖을 내다보았다. 제주의 날씨는 여전히 맑고 온화하고 깨끗하고 예뻤다. 노는 심호흡을 하고 기지개를 켠 다음 외출복을 고르려고 옷장 문을 열었다. 주중에는 배우는 걸 정해놓고 실행하기로 했다.

노는 오늘 일정에 맞는 옷을 골랐다. 검은 롱티 위에 회색 레깅스를 입고 카키색 야상을 받쳐 입었다. 노랑이 섞인 머플러를 두르고 굽 낮은 운동화를 신고 밖으로 나가니 조금 전의 싱숭생숭하던 감정은 이내 삭제되었다.

문화센터에 가니 여러 장르의 강좌가 개설되어 있었다. 노의 눈이 크게 벌어졌다. 노는 게시판 앞에 서서 눈을 크게 뜨고 강좌들을 훑어나가기 시작했다.

이승희와 정의 관계는 알 길이 없다. 노의 상상일 뿐 아무 관계가 아닐지도 모른다. 노는 묻어두기로 했다. 노는 정의 마음과는 상관없이 이 상태로 살아가기로 마음먹었다. 적극적으로 문화센터에 나가 뭔가를 배울 거고 익히고 집을 꾸밀 것이다. 집을 꾸미기로 마음먹자 바로 집착이 생겼다. 칼 라르손의 가정처럼 꾸밀 것이다. 가능하면 애도 한 네다섯 정도 낳고 싶다. 생산할 나이가 얼마 없지만 꿈일지라도 꼭 그렇게 하고 싶다. 그런 생각이 들자 실지로 그런 것처럼 행복해지고 만족감이 드는 것이 이상했다. 진짜 만족한 삶처럼 행복하다는 생각까지 들었다.

8

집들이를 하고 난 다음 주부터 노는 적극적으로 살기로 결심하고 바로 실천에 옮겼다. 문화센터에 나가 수강 신청을 하고 미싱을 배우기 시작했다. 미싱 수업은 일 주일에 화, 목 두 번이었다. 미싱을 배우면 아기에게 필요한 소품을 만들 수도 있고 아기자기한 홈패션을 만들 수 있을 것이다. 월요일에는 수영을 하고 수요일은 기타를 금요일은 노래교실에 나갔다. 마음먹기는 중요해서 결심을 하자 적극적인 성격으로 변한 듯 에너지가 솟았고 모든 것이 가능할 것 같아졌다.

날마다 외출을 하기 때문에 옷도 필요해서 수업이 끝난 오후에는 로드숍을 돌아다니며 쇼핑을 했다. 시간은 금세금세 지나갔다. 겨울이 시작되고 버스 차창 너머로 보이는 바다 빛이 더 짙어짐이 감지되었다.

노는 버스를 타기 위해 언덕길을 내려가다가 저만치서 아래층 여자의 차가 오면 일부러 못 본 척 돌아서서 다시 연립으로 올라갔다 내려오기도 했다.

정과는 예전처럼 평화로우면서도 밍밍하고 단조로우면서도 편안한 시간이 흘러가고 있었다. 노는 일부러 정을 관찰하지도 않았지만 정도 별다른 점이 없어 보였다. 노는 마지막 자존심이듯 정의 휴대폰 같은 건 훔쳐보지 않았다. 정이 휴대폰을 두고 욕실에 들어가도 절대로 몰래 보지 않았다.

정은 퇴근 후 대체로 바로 들어왔으며 회식이 있는 날은 미리 말을 했다. 회식이 있다고 아주 늦지도 않았다. 주말에는 자전거 동호회원들과 자전거를 타러 나갔고 휴일에는 노와 드라이브를 하거나 가까운 섬에 나들이 다녀오곤 했다.

노는 노대로 바쁜 생활이 이어졌다.

예전에 노는 집안에서 사부작거리는 일거리를 좋아했으나 매일 외출하니 외출도 작은 설렘이었다.

제주도에 오고는 정과 한방을 썼다. 자연스러운 현상이었다. 작지만 안방은 침대를 넣고 작은 옷장과 화장대를 들이고 커튼을 달자 속닥하고 아늑해졌다. 부엌 옆의 손바닥만한 방은 옷을 거는 행거 하나와 책장 하나와 서랍장 하나만 넣었는데도 창고처럼 꽉 찼다.

노는 이승희 따위는 안중에도 없다는 듯 의식을 안 하기로 결심했다. 이것저것 배우러 나가기로 했을 때 함께 묶어 결심했고 의식 밑바닥에 깔아뭉개버렸다. 그러자 안 들었던 말처럼 없던 듯이 잊혀졌다.

어느 날 노는 버스를 타고 문화센터를 가다 차창 밖의 바다를 본 순간 문득 뭔가가 깨달아졌다. 외국의 휴양지 같은 제주도에 정과 노 둘만이 남겨져 있다는 것. 억지로라도 남은 생을 명랑하게 살며 보내야 한다는 것. 노는 잠시 서글픈 생각이 들어 바다를 외면하고 앞을 응시했다. 마치 서둘러 노인이 돼버린 듯한 감정이었다. 한편 홀가분했다. 생이 얼마 안 남은 걸 안 시한부처럼 생을 담담하게 받아들이듯 욕심도 없어졌다. 노의 곁에는 정이 있다. 정만 있으면 된다는 생각이 들었다. 다른 아무 것도 필요 없다. 정만 곁에 있으면 된다. 정만 있으면 어디에 있든 뭘 하든 명랑하게 인생을 살아갈 수 있다. 지금 정이 곁에 있는 게 노는 안심이다. 노는 퇴근해 들어오는 정을 보고 안도한다.

정은 겉으로는 태연해 보인다. 정의 속은 알 수 없지만 안다고 한들 어쩌겠는가. 지금 현재 정과 함께 소소한 일상을 보내고 있는 게 중요한 것이다.

문화센터에서 돌아오는 길, 노는 계단을 올라 집으로 들어가기 전에 사택 B동 303호를 올려다봤다. 작은 평수인 게 표나듯 정겹게 다닥다닥 붙은 베란다는 빨래가 널려 있고 화분도 있다. 밖에서 보면 다 똑같지만 안은 다를 것이다. 3층 연립이 새삼 정겨워 보인다고 노는 생각한다. 비슷해 보이지만 각자 가정 안은 많이 다르다. 사람의 속마음처럼 같은 듯 다 다를 것이다. 노는 사택을 올려다볼 때마다 중얼거리곤 한다. '저 집안이 칼 라르손의 그림 속처럼 아늑하고 행복했으면.' 노는 아직도 꿈을 가지고 있다. 칼 라르손의 집을 잊은 적이 없다. 제주도에 올 때 과감히 아기 물건을 없앴지만 포기한 건 아니다. 아직 유효하다. 노에게 딱 하나의 소원이 있다면 해피한 집을 갖고 싶은 것이다.

어느 아름다운 날이다.

제주의 겨울은 봄날처럼 따뜻한 날이 이어진다.

어느 카페, 바다를 바라보며 앉아 있는 정이 있고 바다를 등지고 정을 바라보며 노가 앉아 있다. 둘의 실루엣은 아름다워 보인다. 서로를 마주 보고 앉아 있지만 4인용 테이블의 바로 마주 보는 앞자리가 아닌

크로스로 앉은 두 사람이다. 마주 보지만 엇갈리게 앉아 있다.

둘의 앞에는 각자 좋아하는 음료 잔이 놓여 있다. 정 앞에는 뜨거운 아메리카노가 노 앞에는 시나몬이 뿌려진 카푸치노가.

겉으로는 명랑한 척 농담을 할 정도지만 농담은 썰렁하고 둘 사이 중간에서 만나지는 말은 서로 부딪혀 각자에게로 돌아간다. 엇박자로 어긋나곤 하지만 대화체는 몹시 다정하다.

정이 말한다.

"나 다음 주부터 골프 시작할 거야. 제주도에 있을 때 많이 쳐야지. 골프 치기 딱 좋은 곳이야."

노가 말한다.

"여긴 얼빠진 여자들이 많아. 다들 그렇게 살아도 되나 몰라."

"뭐라구?"

"영화나 한 편 봤으면 좋겠다고……. 얼른 가요."

삶은 그렇게 각자가 원하는 대로 흘러간다. 카페 밖 하늘의 구름처럼 가고 싶은 대로.

정과 노는 일어나 명랑한 척 사람들 틈 사이로 걸어 나온다. 집에 돌아오는 길목. 운전하는 정이 기다리라며 노에게 차에 앉아 있으라고 말하고 내린다. 꽃집 앞이다. 기다리는 노에게 정은 꽃을 한다발 사들고 와 불쑥 내민다. 아무 말도 않은 채. 어리둥절하며 받아든 노. 당황함 속에 웃으며 머뭇거리며 받아든다. 노의 입은 크게 벌어진다.

밤의 놀이터

나는 밤의 놀이터를 지나온다. 밤의 놀이터엔 아무도 없다. 놀이터를 가로질러오는 짓은 이제 안 한다. 놀이터를 가로지르는 것은 황량한 바람뿐이다. 바람이 그네에 닿고, 그네가 쟁강거리고 낙엽이 모래 위를 화다닥 굴러간다. 낮에는 아이들이 놀고 밤이면 조폭을 흉내내는 어설픈 쪼다들이 어정거리고 다정한 연인들이 사랑을 속삭이고 해정이와 일식이 같은 풋내기 연인들이 잠시 들러 놀다가는 곳. 나는 눈에 보이지 않게 찌는 살처럼 보이지 않는 나이를 먹어가느라 점점 시간이 없어진다.

*

드디어 중간고사가 끝났다. 열어놓은 창으로 물큰물큰 날아든 아카시 향기는 내 귀밑머리를 스쳐 옆자리의 아이들을 지나 반대편 창문으로 넘어간다. 학교 뒷산은 온통 푸릇푸릇 새잎이 돋아나 연초록에서 짙은 초록으로 변해가고 바야흐로 계절은 여름을 향해 치달아가고 있는 중이다. 연이어 날씨는 맑음. 점심 먹고 5교시 수업 시작하면 졸리고 꾀병을 부려 빈 양호실에 누워 혼자만의 망상에라도 빠진다면 내 영혼은 좀 위로가 될지도 모르겠다. 어휴 지겹고도 지겨운 이놈의 시험. 시험이라야 잘 치지도 못했고 보나마나 뻔한 시험 결과는 매번 반에서 중간 정도를 맴돌거나 그보다 떨어지는 게 다반사이긴 하지만, 어쨌든 시험 끝나고 나니 변비 끝에 배가 살살 아프다 뭉텅이가 쫙 빠져나간 것처럼 시원하고도 후련했다. 일단 끝난 것에 대해서는 더 이상 미련을 갖지 말자는 게 내 주장이다.

학교에서 집으로 오자마자 나는 옷을 훌라당 벗어버리고 욕실로 뛰어들어간다. 물을 쏴아 틀어 우선 샤워부터 하고 그리고 나서 뭘 먹든, 학원을 가든 할 참이다. 샤워기의 레버를 틀어 온수를 조절하고 샤워기 꼭지가 내 몸을 향하도록 벽걸이에 고정시켜 놓는다. 물줄기가 쏴아 허공을 가르며 쏟아져 내린다. 몸이 저리도록 오싹한 물줄기다. 뜨거운 탕 속에 들어갔을 때처럼 온몸이 저릿저릿 해오며 소름이 돋는 게 느껴진다. 머리카락에 샴푸를 비벼 박박 문지른다. 언니는 샴푸를 짤 때 손바닥에 백 원짜리 동전만큼만 짜도 거품이 충분히 나온다고 잔소리를 해대지만 나는 그 정도에는 양이 안 차 오백 원짜리 동전 두세 배 정도를 짜내 머리카락에 비벼대야 직성이 풀리는 것이다. 나는 쏴쏴 폭포수처럼 흐르는 샤워기 밑에 서서 리드미컬하게 몸을 움직여가며 노래를 부르기 시작한다. 고개를 높이 쳐들고 한껏 손을 모아 내밀어 둥글게 펼쳐가며……. 온몸으로 조명을 받고 서서 흐느적대는 라이브 가수처럼 말이다. 요즘엔 왁스나 보아가 좋아졌다. 박정현이나 지오디 노래는 이제 신물이 난다. 왁스의 발라드나 보아의 댄스가 더 좋아지는 걸 최근에는 절실히 느끼고 있다. 나도 이제 여자가 되어가는 건가?

언니는 내가 노래를 부르며 춤을 출 때마다 내 머리통을 쥐어박으며 꼭 한마디씩 거들었다.

"공부도 못하는 게 시끄러워 어디 살겠냐. 그게 노래라고 하냐. 발악하는 거지."

나는 음지인 언니가 샘이 나서 해본 소리란 걸 알기 때문에 별로 신경은 안 쓰지만 장차 가수가 되겠다는 장래희망에는 변함이 없다. 내 목소리 톤은 가늘어서 다소 땍땍거리긴 해도 높은 음을 소화해낼 만치 음역은 안정감이 있다. 이 학년 올라오고 밴드동아리에 끼어 들어갔다. 일 학년은 끼어주지 않기 때문에 이 학년이 될 때까지 참을성을 가지고 기다렸다. 친구들은 노래보다 댄스를 잘해서 들어갈 수 있었다고 입을 모으지만 나는 친구들 말을 부정한다. 내 역할은 싱어다. 싱어는 나 말고 한 명 더 있다. 매주 토요일 오후에 학교에 남아 보컬 연습을 한다. 가을 축제땐 내가 싱어로 뽑혀 무대에 설 수 있을 거란 기대 내지 열망은 생각만 해도 짜릿하고 흥분이 된다. 학교에서 돌아와 나를 즐길 수 있는 시간은 그다지 오래 주어지지 않는다. 7시에 학원 차가 오기 전에 세이클럽에 들어가 채팅하고 게임 한 판 즐기려면 시간이 아슬아슬하기 때문이다. 우연히 날 찾아와 사랑만 남기고 간 너……, 사력을 다해 열창을 하고 나면 속에서 화끈한 게 쑥 빠져나온 것처럼 가뿐하다.

따뜻한 물로 오랫동안 샤워를 하며 노래에 춤을 추고 나니 개운하고 정신이 번쩍 들었다. 엄마가 알면 물 많이 쓴다고 잔소리를 해댈 것은 뻔한 이치지만 지금 엄마는 집에 없다. 엄마는 보험을 하나라도 더 팔려고 열심히 발품을 팔고 있을 테고, 없는 애교에 수다를 동원해가며 어느 빌딩을 누비고 있을 것이다. 언니는 매일 늦게 귀가한다. 언니는 대학을 다니다 휴학을 했다. 표면상은 돈을 벌겠다는 게 이유지만 내가 보기에는 꼭 그렇지만도 않은 것 같다. 공부에 취미는 없고 허파에 잔뜩 바람만 들었다는 게 솔직한 내 심정이다. 언니는 생머리를 길게 늘어뜨리고 이벤트 도우미 나래이터모델 일을 한다. 어느 날 시내를 돌아다니다 언니를 본 적이 있다.

'증축 엔조이 화장품 오픈 마사지실 완비'

가로줄의 현수막이 쳐지고 화환이 줄줄이 늘어선, 이제 막 개업한 화장품가게 앞에 서서 언니는 노래를 부르고 있었다. 하기야 언니처럼 음치여도 립싱크라는 게 있고 날씬만 하다면야. 언니는 다른 모델 한 명과 짝이 되어 음악에 맞춰 다리를 까딱거리며 춤을 추고 있었다. 음악은 크고 시끄럽고 폭발할 것 같았다. 샴푸 광고에 나오는 여자처럼 긴 생머리를 어깨까지 찰랑찰랑 늘어뜨린 언니와 한 명의 모델은 꼭 쌍둥이 같았다. 언니의 눈은 반짝이가 들어간 희고 푸른 아이섀도를 칠해 바다를 연상시켰다. 푸른 아이섀도는 언니가 좋아하는 아이템이다. 내가 보기엔 예쁘기만 하던데 엄마는 언니를 볼 때마다 징징 우는 소리로 잔소리를 해댔다. 엄마의 말인즉슨 맞아서 푸르딩딩 눈탱이가 밤탱이 같다고, 제발 그 푸르딩딩한 색일랑 바르지 말라고. 그러면 언니는 엄마한테 즉시 대거리를 했다. 멍든 거하고 이 색하고 같애? 내가 좋아서

하는데 왜 그래 증말, 어휴 지겨워 내가 미쳐, 하며 엄마한테 바락바락 대드는 것이다. 둘의 싸움이 시작되는 지점은 항상 이런 문제들에서 출발하고 증폭해 나갔다. 언니가 원숭이처럼 머리를 빨갛게 염색하고 발톱에는 펄이 점점이 박힌 겨자색이나 남색의 페티큐어를 칠하고 배꼽이 드러난 골반바지에는 치렁치렁한 체인이나 혹은 가죽끈으로 허리를 장식하고 나갈 때이다. 엄마와 언니는 한순간도 떨어져서 살 수 없는 단짝처럼 다정하다가도 며칠에 한 번씩은 이런 식으로 앙앙대며 싸움을 했다. 그래야만 직성이 풀리고 다음 일의 순서를 전개해나갈 수 있다는 듯이 말이다. 엄마가 들고 다니는 홍보용 설문지처럼 싸움도 바이오리듬이고 생체 리듬인가. 나는 둘의 싸움을 보고 있으면 아찔아찔한 번지점프 같다는 생각이 들었다.

언니는 보일 듯 말 듯 엉덩이가 꼭 낀 아슬아슬한 빨강 초미니에 흰 배꼽티를 걸치고 있었다. 언니의 특징인 롱다리와 에스라인 몸매는 단연 돋보였다. 나는 화장품가게가 보이는 골목에 서서 오랫동안 언니를 훔쳐보았다. 언니에게 향한 시선을 흡반처럼 거둘 수가 없었다. 언니는 지쳐가는지 모션이 점점 작아지고 있었다. 이윽고 동료와 체인지하는 언니를 향해 다가가려다 나는 멈추고 말았다. 막 어두워지기 시작하는 거리의 음영 위로 음습한 구멍처럼 표정이 없어 보이는 얼굴. 피곤이 덕지덕지 앉아 있는 언니의 축 늘어진 어깨. 찰랑찰랑한 생머리도 달라붙어 생기를 잃어가고, 이제 언니는 인생을 다 살아버린 여자의 낯빛을 하고 있었다. 한순간 칼에 베인 상처처럼 가슴이 쓰려왔다. 나는 몸을 돌려 천천히 골목을 빠져나왔다. 나는 집에 오고 나서야 언니가 삐에로처럼 한없이 슬퍼 보였다는 생각을 했다. 나는 왜 지나간 다음에야 모든 것을 깨닫는걸까?

언니는 이벤트 모델 일을 하고부터 슬쩍 내게 돈을 찔러주고는 했다.

"용돈이야. 줄 때 받어."

"웬일이셔, 짠순이가?"

언니는 지갑에서 만 원 짜리를 몇 장 꺼내주면서 눈을 찡긋했다. 세어보니 내가 생각했던 것보다 몇 장이 더 많았다. 나는 흐뭇하게 웃어 보이며 재빠르게 머리를 굴렸다. 친구들한테 거하게 한턱 쏠 수도 있고 사고 싶은 것은 좀 많은가. 친구들한테 떡볶이니 순대니 얻어먹은 게 많아 사실 빚진 게 부담스럽기는 했다. 언니가 돈을 주는 이유는 간단하다. 언니이기 때문이다. 아, 아빠 얘기가 빠졌다. 결론부터 말하자면 아빠는 내가 초등학교 4학년 때 돌아가셨다. 강원도 속초로 출장을 가셨는데 출장 마지막 날 집으로 돌아오다 교통사고를 당했다. 교통사고를 당했다,는 건 본인의 잘못과 상관없이 아빠가 그 시각에 그 지점을 지나다 사고를 당했기 때문이다. 빗길에 미끄러진 덤프트럭이 중앙선을 넘어 반대편 차선으로 돌진하며 아빠 차를 깔아뭉갰다. 심심할라치면 한 번씩 생기는 한 토막의 뉴스거리로 아빠는 돌아가신 거다. 거대한 트럭 밑에 깔린 차는 눌려 쭈굴해진 납작한 깡통 같았을 것이다. 말린 오징어처럼. 아마 그랬으리라. 나는 가끔 생각하곤 했다. 아빠는 그때 차창 밖의 비를 바라보며 낭만적인 생각에 빠져 있었던 건 아니었을까. 그 자리만 피했어도……. 엄마는 걸레로 마루를 밀다 빨래를 개키다 바깥을 내다보며 무심히 노래를 흥얼거리다 후렴처럼 낮게 중얼거리곤 했다. 우리의 미래는 알 수 없는 것. 예기치 않은 사건이나 사고로 인해 일 분 일 초 사이에 생은 달라져버린다는 걸 나는 일찍 알아버린 셈이었다. 숨만 쉬는 식물인간인 채로 두 달을 버티다 아빠는 돌아가셨다. 트럭 밑에 깔리고도 숨을 쉰다는 사실에 모두들 신기해할 정도였다. 아빠는 아마도 무엇인가 억울해서 두 달을 버티었을 것이라고 나는 믿었다. 아빠의 두 달은 억울해서 버티는 유기체의 시간으로 적절했을지 모른다고.

엄마가 달라졌다. 그렇게 오래된 것 같지는 않다. 처음에 그것은 순전히 느낌일 뿐이었지만 지금은 다르다. 나는 엄마의 당황스런 행동과 태도, 그리고 뭐랄까 분위기, 그렇지 그건 명백히 분위기다. 한마디로 단정지어 설명하기 힘든 묘한 분위기에서 엄마가 달라졌다는 걸 느낀다. 엄마가 달라졌다는 건 지금에 와선 거의 확신에 가깝다. 아니 확신한다. 확신에 가깝다는 건 확신한다,와는 다르지만, 분명한 건 엄마가 달라졌다는 사실이다. 나는 내 생활에 변화를 원하지만 엄마는 아니다. 엄마와 관계된 류의 변화는 아니다. 음, 그러니까 내게 그것은 이런 정도의 변화라고 하면 어떨까. 어느 날 그럴듯한 남자애가 슈퍼맨처럼 짠하고 내 앞에 나타나 나를 감동시킨다. 내가 좋아하는 타입. 키는 멀대같이 크고 얼굴은 조막만하고 눈은 웃고 있는 귀여운 꽃미남. 조인성 타입의 남자애가 우리 학교로 전학을 와 내 옆자리에 앉는 것. 그리고 다른 하나, 나도 모르는 사이에 공부에 취미가 생겨 반에서 5등 안에 드는 그런 변화…….

엄마의 잠옷 속에 손을 넣어 가슴을 만질 때의 기분은 뭐라고 할까. 솜뭉치가 가득 쌓인 곳으로 몸을 풍덩 밀어넣었을 때의 기분과 흡사하고, 봄날 진달래꽃 속에 파묻힌 기분과 흡사하고, 어린 날 개울가에 앉아 놀면서 물을 움켜쥐었을 때의 감각과 흡사하고, 날은 춥지만 햇살은 따뜻해 등에 햇볕을 맘껏 받고 앉아 있을 때의 봄날과 흡사하고, 그리고 모든 따뜻한 이불 속의 온기와 흡사했다. 솜사탕처럼 부드럽고 말랑말랑한 엄마의 젖가슴. 그러나 그 기억은 기억 속으로만 사라져버렸다. 언제였었지? 이렇게 말해놓고 보니 내가 되게 나이 많은 것처럼 느껴지지만 나는 이제 열네 살일 뿐이다. 열네 살. 나는 내가 원하지도 않은데 자꾸만 어른이 되어간다. 나는 바람을 잔뜩 넣은 풍선처럼 갑자기 커버렸고 이상한 꿈을 꿨을 때처럼 한꺼번에 많은 걸 알아버렸다. 그러나 그건 뭐 그리 대단히 중요한 건 아닐지도 모르니 각설하고, 요컨대 엄마가 달라졌다는 건 확실하다. 확실하건대, 느낌은 어떠한 단서나 물증은 없지만 중요한 모티프를 제공했고 의심은 의심을 낳았고 결국엔 사실로 밝혀지고 말았을 장면을 봐버렸으니깐.

우리 엄마는 젊다. 한껏 차리고 나가면 노처녀로도 보일 뻔하다고 자칭 주장하는 우리 엄마다. 자칭이라는데 문제가 있긴 하지만 말이다. 엄마는 운전을 하다가도 간혹 휴 한숨을 내쉰다. 정지 신호를 받고 서 있다 노란 불이 들어오고 파란 불로 바뀌고 뒤에서 차가 빵빵거리고 내가 엄마! 하고 캭 쇳소리가 나게 부르면 그때서야 깜짝 놀라며 차를 출발시키는 것이다. 내가 말을 붙여도 멍하니 있다가 못 알아듣고 다시 물어야 겨우 한다는 소리가 지금 뭐라고 했니? 하며 못 알아들었다는 의심의 눈초리를 여지없이 보내오는 것이다. 얼마 전만 해도 그렇다. 엄마는 그 열광하는 드라마도 보지 않고 침대에 누워 멀거니 천장만 쳐다보며 상념에 잠겨 있는 눈치였다. 엄마의 사무치는 눈빛을 내가 왜 모르겠는가. 애도 아닌데. 나도 이젠 포옹이나 자는 것쯤은 구별하는 알 만큼 아는 십대 중반인데 말이다.

"엄마, 테레비 안 보고 뭐해? 드라마 시작했잖아!"

나는 부러 엄마를 향해 꽥 소리를 질러버렸다. 근데 돌아오는 엄마의 대답이 어째 좀 먹먹했다.

"드라마는 역시 드라마야. 결론이 뻔한 걸 본다는 건 시간 낭비지. 엮어줄 듯하다가도 엮어주지도 못하고 결국 끝에 가서는 본부인한테 돌아가는 뻔한 스토리에……, 해피엔딩 아니면 도덕적으로 끝이나 맺고. 두서 없는 상황 설정에 호화판으로 노는 거 아님 온통 폭력으로 도배나 하고……."

"요즘 드라마가 그렇긴 하지. 막장이 판을 치니깐."

"게다가 맹탕 코미디에 흥미 위주 아니면 과장은 또 좀 심하니?"

"당근이지."

그래도 재밌잖아. 뒷말은 속으로 삼키며 말로는 동의했다. 엄마니까. 엄마의 기분이 시니컬할 때는 은근슬쩍 맞춰줄 줄 알아야 한다. 하지만 아귀가 안 맞는다. 광팬인 엄마 입에서 이렇듯 드라마를 비하하는 발언이 나오다니. 사실 우리 엄마만큼 드라마에 열광하는 족속들은 뻔하다. 언니나 아줌마나 할머니들이다. 내가 아는 아줌마들은 드라마라면 사족을 못 쓰고 둘만 만나도 그 드라마 말야, 어쩌고 하면서 온통 드라마 얘기밖에는 정신이 없었다.

"이리와……."

엄마는 공연히 내 몸을 으스러지게 껴안고 한숨을 몰아쉬었다. 엄마에게 안겨본 지 오래 되어 어쩐지 어색하고 갑갑하게 느껴졌다. 엄마의 살 냄새가 식빵에 바른 버터처럼 뭉근히 코로 스며들었다.

학원 차에서 내려 연립으로 오는 길은 놀이터를 지나온다. 놀이터는 싸리나무 울타리로 담장이 쳐져 있고 울타리 옆으로 반질반질하게 샛길이 나 있다. 샛길은 처음에는 길이 아니고 잔디밭이었다. 사람들이 지하수를 뜨러가면서 지름길로 놀이터를 가로질러가다 보니 신에 모래도 들어가고 귀찮아져서 잔디 위에 아예 길을 만들어버렸다. 우리는 어딜 가나 그런 길을 보게 된다. 노랗게 비뚤비뚤 길이 나고 잔디는 다 죽어버렸다. 나는 샛길보다 놀이터를 가로질러오는 것을 더 좋아한다. 모래 속에 푹푹 파묻히며 걸어보면 재미있다. 꼭 해수욕장의 모래사장을 밟는 기분이다. 신발을 손에 들고 맨발을 모래 속에 넣어도 본다. 보드랍고 따뜻해서 퐁신퐁신하다. 미끄럼도 타고 그네도 타본다. 어렸을 때처럼 재미는 없지만 그냥 한 번 해본다.

언니를 놀이터에서 본 것은 여름이 시작될 무렵이었다. 학원 차에서 내려 아무 생각 없이 놀이터를 지나오고 있을 때였다. 언니는 남자랑 그네에 나란히 앉아 간당간당 흔들거리고 있었다. 언니와 남자는 서로의 한쪽 손을 잡고 있었다. 나는 왠지 못 볼 것을 본 것 같아 왔던 길을 되돌아서 슬며시 샛길로 와버렸다. 밤의 기운이 서늘하게 느껴졌다. 밤의 놀이터는 인적이 없어 오래 비워둔 창고처럼 적막하고 휑뎅그렁했지만 두 사람이 연인 사이라는 것은 한눈에도 알아볼 수 있었다. 언니는 언제부턴가 내게 화장품을 쓴다고 하던 잔소리도 쏙 들어가고 휴일에 언니의 옷이나 가방을 슬쩍 걸치고 나가도 눈감아주었다. 간혹은 술 냄새를 풍기고 들어와 엄마가 눈치채지 못하게 입술에 손가락을 갖다 대고 찡긋하면 나는 알아서 언니 방문을 닫아주고는 했다. 언니의 꿈은 모델이다. 일당 오만 원씩을 받는 그 일도 한 달에 많아야 열흘인 이벤트 도우미 모델이 아닌 진짜 패션모델이다. 언니가 멋진 옷을 입고 무대를 누빈다면 근사할 것이다.

얼마 전에 기현이와 해정이가 헤어졌다. 커플링을 나누어 끼고 다닐 정도로 기현이와 해정이는 얄미운 커플이었다. 그런데 바야흐로 찢어진 것이다. 걔들이라고 별 수는 없었다. 옆 반 애들은 물론 담탱이까지 알 정도로 그 둘은 학교에서 소문난 커플이었다. 기현이는 우리 집인 닭장 옆 오 층짜리 아파트에 살고 해정이는 옆 동네 주택에 산다. 사람들은 내가 살고 있는 땅에 딱 붙은 이 층짜리 연립을 닭장이라고 불렀다. 사실 나는 해정이보다 기현이와 더 친한 편이다. 같은 여자애보다 남자애와 말 트고 지내는 게 내 성미에도 맞고 편하다. 여자애들은 사소한 일로도 삐치고 토라지기를 밥 먹듯이 한다. 비밀이라고 말해주면 다른 애한테 옮기는 데 반나절도 걸리지 않는다. 비밀로 하라고 하면 비밀로 하라고 했다는 말까지 하고 다닐 정도니 기가 막히고 말 다했다. 그러나 남자애들은 다르다. 세이클럽에서 만나 비밀이라고 말하지 말라고 하면 끝까지 비밀을 지켜준다. 나는 남자애들이 진짜 의리 있다고 생각한다.

기현이와 해정이는 새 학기가 시작되고 사귀었다. 이 학년 올라오고 둘은 눈이 맞았다. 보통 같은 반에서 사귀게 되면 빠르면 일 주일 길어도 한두 달이면 종을 친다. 한 반에서 사귀려면 신경써야 할 부분이 많은데 둘은 잘 해나갔다. 둘은 눈꼴이 시릴 정도로 좋아하는 티를 내고 다녔다. 수업시간에도 쪽지를 교환하고 둘이 주고받는 눈빛은 은밀했다. 각자 다른 애들과 말싸움이라도 하면 서로 편들어주는 게 초등학생도 아닌 것들이 유치하고 눈꼴시어 못 봐주겠더니 막상 헤어졌다니까 그래도 기분이 꿀꿀하기는 했다. 뭔가 시작하자마자 한쪽에서 승승장구 일방적인 압승으로 케이오 펀치로 다운된 권투시합처럼 싱겁기까지 했다.

헤어진 발단은 이랬다. 기현이, 어느 토요일 오후 버스 정류장에서 해정이와 일식이가 함께 있는 걸 버스를 타고 지나다가 우연히 봐버렸다. 그것도 일식이가 해정이 어깨를 감싸 안고 있는 걸 말이다. 일식이는 기현의 일 학년 때 한 반이었던 제일 친한 친구다. 기현이는 해정이를 만날 때 일식일 함께 데리고 다니는 게 아니었다고 했다. 그랬다면 이런 일은 일어나지 않았을 텐데 했지만 내 생각은 그래도 해정이 같은 애는 마찬가지였을 거란 생각이 들었다. 해정이는 얼굴이 예쁜데다 몸매도 날씬하고 교복을 입어도 별스레 잘 어울렸다. 교복치마도 엉덩이 선과 허벅지 선이 드러나도록 꼭 끼게 줄이고 윗도리는 허리를 잘록하게 고쳐 입고 다녔다. 교복을 줄여 입는다고 다 예쁘고 날씬해 보이지는 않는다. 여자애들이 교복을 줄이는 것은 기본 중의 기본이지만 남자애들도 딱 달라붙게 쫄바지로 줄여 입고 다니는 게 우리들 사이에서는 당연지사고 다반사다. 고쳐 입지 않은 애들은 촌스럽고 감각이 뒤떨어진 애들이거나 그쪽 분야엔 젬병인 범생들이다. 기현이는 세이클럽에서 나를 만나면 졸라 배신감 느끼고 기분 더럽다고 느낌표를 열 번도 더 찍고 한숨을 팍팍 내쉬었다. 기현이가 다그치니까 해정이가 털어놓더라는 것이다. 너보다 일식이가 더 잘해줘, 하면서. 나는 세이클럽에서 만난 다음날 학원에서 기현일 만나 위로해줬다. 학교에서는 다른 애들 눈도 있고 사적인 얘길 하기에는 분위기가 허락지 않을 때가 많기 때문이다.

"그깟 바람둥이 계집애 너보다 공부도 못하고 잊어버리지 그러냐."

나는 해정이 같은 애는 별 수 없다는 투로 심상히 말했지만 그러나 기현이는 힘들다고 했다. 마음이 너무 괴로워 술도 먹고 싶고 담배도 피우고 싶고 뭐든지 몸을 망가뜨리고 싶다고 했다. 그러면서 이런 말도 했다.

"야, 우리 엄마가 알면 날 얼마나 바보로 알겠냐. 채이기나 하고. 빙신 쪼다같이……."

하며 눈이 벌개졌다.

나는 기현의 어깨를 토닥거리며 한심하다는 듯 콧소리를 내며 잔뜩 힘주어 말했다.

"졸라 웃기고 있네. 자식아 담배는 어디서 사냐?"

"담배 파는 자판기 있는데 알아. 가판대에서는 교복 입고 가도 판단 말야."

"헐, 정말이야?"

나는 어깨를 으쓱해 보이며 과장스레 너스레를 쳐댔다. 하기야 담배 못 사서 담배 못 피우는 애들은 없다.

"야. 니 엄마 생각해라. 이 마마보이야."

나는 제법 어른스러운 척 충고랍시고 한마디 하며 기현의 배를 툭 쳤다. 사실 기현은 공부를 잘한다. 마마보이긴 해도 모범생에다 예의도 바르다. 한 번씩 엉뚱한 질문을 해 수업 분위기를 깨뜨리기는 하지만 그만하면 괜찮은 녀석이다. 해정이와 사귀지만 않았다면 한 번쯤 사귀어볼까 진지하게 고민해볼 만한 녀석이기도 했다. 해정이는 내가 봐도 별 볼 일 없는 애다. 외모에 자신 없는 나 같은 애가 보기엔 반반한 얼굴 믿고 겉멋만 잔뜩 든 게 얄미울 정도다.

"야 고소미!"

기현이 나를 부르는 소리가 차갑다.

"나 이제 아무도 안 사귈 거야. 공부만 할 거다."

"그래. 임마……."

안방 침대 머리맡에 낡은 수첩이 있었다. 나는 그 수첩에 일기가 쓰여 있을 줄은 상상도 못했다. 엄마 물건에 손댈 마음은 없었으나 그날은 상황이 그렇게 되어 있었다. 초등학교 아이가 보여주려고 일부러 펼쳐놓은 일기장처럼 누가 봐도 된다는 듯이 수첩은 무방비 상태로 방치되어 열려 있었다.

일요일이었다. 늦잠에서 일어나자 집에는 아무도 없었다. 나는 끝없이 이어지는 휴일 아침의 달콤한 늦잠을 오래도록 즐겼다. 마음껏 잘 때까지 자고 자동으로 눈이 떠졌을 때 시계는 11시를 막 지나고 있었다. 나는 이불 속에서 빠져나오며 오늘 스케줄이 어떻게 되나 궁리했다. 우선 화장실부터 가서 방광에 가득 차 있는 오줌을 비워내고 엄마 방에 들어가 습관대로 눈곱을 떼며 화장대 거울에 전신을 비춰보았다. 기현일 불러내 시내에 나가 슬슬 돌아다니며 게임방에서 놀다 케이에프시에 가서 햄버거에 치킨을 먹든지, 아님 만화방에 가 죽칠까, 맹탕 비디오나 빌려다 보며 집에서 개길까? 잔머리를 굴리다 침대 위로 눈길이 쏠렸다. 침대 머리맡에 있는 한 권의 낡은 수첩.

> 모든 것이 끝났다. 사방은 암울하고 더 이상 내가 빠져나갈 구멍이 보이지 않는다. 차라리 죽어서라도 그에게 갈 수만 있다면. 뚜껑 달린 모든 것들이 그렇듯 나도 어쩌면 스스로 열고 나오지 못할지도 모른다. 누가 내 뚜껑을 열어준다면.

내가 펼친 수첩의 첫 부분은 이렇듯 짤막하게 서술되어 있었다. 오래전의 글이었다. 곤색 볼펜 글씨가 물에 풀어진 듯 번져 있었기 때문에 읽으면서 꽤나 애를 먹었다. 나는 머리가 쭈뼛 서는 기분을 안고 수첩을 찬찬히 뒤적거리기 시작했다. 가슴이 쿵쾅거려오고 얼굴 쪽으로 열이 확확 몰려들었다. 수첩의 겉표지인 세무 가죽은 때가 타 이끼가 낀 듯 검게 변색되었으며 한눈에도 낡고 오래된 듯 보였다. 엄마의 소지품 중에 이런 물건이 있다는 건 전혀 뜻밖이었다. 수첩은 지갑과 겸용으로 디자인된 일종의 다이어리인데 짙은 겨자색 세무 장정으로 표지에 단추가 달린 것이었다. 단추는 본래의 색이 벗겨져서인지 은색으로 반지르르하게 닳아 있었다. 수첩 중간에는 내가 태어나기도 전, 어느 해의 연극 티켓이 두 장 끼워져 있고, 만지면 바스락 흔적도 없이 가루가 되어버릴 듯한 꼿꼿한 단풍잎 두 장이 끼워져 있고, 알 수 없는 전화번호들과 처음 보는 이름들이 나열되어 있었다.

나는 다시 수첩을 훑어나가기 시작했다. 수첩은 뒷면으로 갈수록 별달리 눈에 띄는 사항은 없었다. 일기 비슷한 일상적인 글들이 띄엄띄엄 갈겨져 있고, 음악회나 전람회의 날짜와 시간과 장소들이 소상하게 써져 있었다. 기차 시간인지 버스 시간인지도 메모되어 있었다. 그리고 엄마가 심란할 때 흥얼거리는 유행가 가사 즉 엄마의 십팔번인, 창문 넘어 어렴풋이 옛 생각이 나겠지요,라는 가사가 적혀 있었으며 온갖 잡다하면서 필요한 그 무엇들이 들어 있었다. 그러다가 수첩의 맨 뒷장쯤에서 나는 또 하나의 짤막한 메모를 발견했다. 최근에 쓴 것이 분명해 보인 글씨체였고 요컨대 나는 왠지 그렇게 믿고 싶었다. 그 문장은 여성 잡지 한 귀퉁이에 실려 있는 이제 막 사랑에 빠진 여자의 글이거나 연애소설을 소개하는 몇 줄의 문구를 그대로 옮겨놓은 것도 같았다. 나는 엄마가 책을 읽는다거나 감상에 빠져 있는 다소 몽환적인 모습은 봐온 적이 없었기 때문에 몹시 의아했다. 평소의 엄마와 어딘지 어울리지 않는 단면에 내가 얼마나 놀랐겠는가. 그러나 물증은 이렇게 예기치 않게 발견되었다.

그가 집에까지 바래다주었다. 저녁 내내 함께 있었지만 지나고 나면 순간처럼 느껴진다. 공원 모서리 차 안에서 그의 팔을 베고 오래도록 기대 있었다. 아카시 향기가 조금 열어놓은 창틈으로 들어와 마치 누군가 스프레이를 뿌린 것만 같았다. 헤어진다는 게 무슨 의미가 있는 거지? 단지 함께 있지 않다는 게 이렇게 큰 고통이 될 수 있다니. 그를 다시 만난 지 일 년, 이젠 죄의식조차도 느껴지지 않는다. 언제까지 이런 날들을 견뎌야 한담. 이제라도 그의 여자가 되고 싶다.

아득해져왔다. 잠깐 내가 휘발된 느낌이다. 나는 무언가를 알 수 있을 것도 같았고 모를 것도 같았다. 나는 추리력을 동원해 역순으로 되짚어 나가기 시작했다. 엄마가 일 때문에 늦게 들어온 일은 종종 있었지만 이렇게까지 매일은 아니었다. 오래된 것 같지는 않다. 엄마가 달라진 건 그래 얼마 전부터였던 것 같아. 메모와 엄마의 변화는 아무래도 한 방향이지 않을까? 엄마는 누군가를 만나고 있다. 누군가는 남자임이 분명할 테고. 그렇다면 엄마는 수첩 맨 뒷장 메모 속의 '그'를 만나고 있는 게 틀림없어. 언젠가부터 아빠의 사진이 들어 있던 액자를 서랍 속에서 발견한 적이 있었다. 내가 액자를 서랍에서 꺼내 문갑 위에 세워놓았는데 다시 보니 또 서랍 속으로 들어가 있었다. 나는 그때 이상했지만 개의치 않았다. 그러나 지금은 그 모든 의문이 풀린 기분이 들었다.

엄마와 언니는 아직 들어오지 않았다. 학원에서 돌아오니 10시 30분이 좀 넘었다. 학원에 다닌다고 성적이 느는 건 아니다. 나는 학원에서도 졸고 학교에서도 존다. 타임을 맞춰놓은 로봇처럼 그냥 왔다갔다 한다. 그러나 엄마는 수험장 교문에 엿가락 붙이듯 죽기살기로 날 학원에 보낸다. 그 성적이 그 성적이지만 나 역시 이제 학원에 가지 않으면 불안하기는 하다. 테레비에서는 수목 드라마가 한창 열을 올리고 있었다. 고수와 김희선이 호주까지 날아가 나중에 어차피 만날 걸 묘하게 엇갈리며 반전을 벌이고 있다. 삼각관계는 드라마의 뻔한 소재지만 안 보면 궁금하다. 햄릿 같은 고수와 공주 같은 김희선이 화면 가득 메워진다. 테레비를 크게 틀어놓고 3분 카레를 데우고 밥통의 밥을 넓은 접시에 담고 데워진 카레를 밥 위에 끼얹는다. 매일 라면 아니면 3분 카레, 혹은 중국집 짬뽕이 주식이 되어버린 지 오래고 엄마와 언니는 거의 매일 늦게 들어오는 게 일상사가 되어버려서 우리 세 식구가 다 같이 밥을 먹는 날은 간혹 토요일이나 일요일뿐이다. 언니는 일요일에도 집에 붙어 있지 않는다. 어디를 그렇게 싸돌아다니는지, 엄마는 냅두는 건지 아니면 포기한 건지 모르겠다. 손뼉도 마주쳐야 소리가 난다고 자연 얼굴 보는 날이 적으니 엄마와 언니의 싸움도 줄어들었다.

나는 그냥 말없음표로 지낸다. 내 할 일만 한다. 그게 속 편하다. 엄마에게 막 화를 내고 싶다가도 밤 늦게 파김치가 되어 들어오는 엄마를 보면 시큰둥해지고 할 말이 없어진다. 나는 아예 시치미를 떼는 게 낫겠다는 생각을 한다.

내가 밥을 다 먹고 드라마도 끝이 나서야 엄마는 들어왔다. 엄마는 들어오자마자 학원 갔다 왔니? 날씨가 벌써 더워진다야. 한마디 하더니 씻고 들어가면서, 공부하다 언니 오면 문 열어줘라, 하고는 안방으로 가버렸다. 내가 공부하는 옆에 붙어 있어본 적도 없으면서 엄마는 말끝마다 공부, 공부 한다. 엄마는 내가 무얼 먹었는지에도 관심이 없다. 밥통에 밥 있고 냉장고에 반찬 있으면 됐다는 식이다. 그저 학원 가면 공부하는 줄 알고 집에 오면 있는 줄 안다. 나 같은 앤 학교 가나 어디 가나 있어도 그만 없어도 그만이고, 없어져도 표도 안 나는 공기 같은 애다. 엄마는 내가 공부머리는 안 따라주지만 되게 착하기는 한 줄로 알고 있다. 착각은 자유고 돈 안 들어서 좋지만 그건 엄마의 착각이다. 나는 착한 애는 되고 싶지도 않고 그렇다고 못된 애도 되고 싶지 않다. 나는 가수가 되고 싶고 나답게 살고 싶은 애다.

언니는 역시나 늦게 들어오면서 껌을 짝짝 씹어대며 술 냄새를 풍기고 들어왔다. 내가 늦게까지 테레비를 보다 문을 열어주었는데 언니는 현관으로 들어서자마자 쉿 하며 입술에 손가락을 갖다대고 눈을 찡긋했다.

"엄마 들어와서 벌써 자."

나는 언니가 슬금슬금 눈치보는 꼬락서니가 안 돼 보여서 먼저 선수를 쳐버렸다.

"증말?"

언니는 다행이라는 듯 한 손으로 가슴을 쓸어내리는 시늉을 하더니 삽살개처럼 쪼르르 방으로 들어가면서 기어이 한 가지 시켰다.

"미야. 목 타. 냉장고에 찬물 갖다줘. 얼음 많이 넣어 갖고."

심부름시키는 주제에 얼음까지. 나는 속으로 부아가 났지만 몇 푼 언어 쓰려면 이 정도는 감수해야 한다는 것을 알기 땜에 까짓 얼음 정도야, 입을 씰룩거리며 보리차에 얼음을 동동 띄워 방으로 들어가자 언니는 멍하니 침대에 걸터앉아 있다 물을 벌컥벌컥 들이킨다. 언니는 빈 컵을 텔레비전 위에 올려놓더니 침대에 벌렁 누우며 까딱까딱 손짓을 했다.

"야. 이리 와봐."

언니는 자기 옆에 누우라며 나를 끌어당겼다. 언니가 뽀뽀를 하려고 하자 나는 기겁을 하며 얼굴을 뒤로 뺐다.

"추접게 왜 이래?"

"야, 우리 강아지 너무 이쁘다. 공부도 잘하고 착하고."

언니의 레퍼토리는 또 변한다. 오늘은 공부를 잘한다고 하니, 하기야 그게 언니의 매력이긴 하다. 언니의 말은 그때그때 기분에 맞게 알아서 들어줘야 한다.

"야, 고소미."

언니가 다시 부른다. 언니가 정색을 하고 부를 때는 뭔가 비장하다는 뜻이다.

"……."

언니는 불러놓고 말이 없다. 시무룩하다. 들어올 때와는 달리 목이 긴 사슴처럼 무슨 까닭인지 풀이 죽어 보인다.

나는 밤의 놀이터에서 종종 언니를 봤다. 언니는 동일한 인물로 보이는 남자와 함께였다. 나는 남자를 여러 번 봤기 때문에 남자의 모습에

제법 익숙해 있었다. 까딱까딱 그네 위에 앉아서 장난을 치거나 그네를 밀어주며 무슨 말인가 주고받는 모습이 목격되기도 하고, 또는 시소를 타면서 까르륵 숨넘어갈 듯이 웃어재치거나 애교를 부리는 쪽은 언니였다. 남자의 목소리는 웅얼거려서 들리지 않고 뭐라고 재잘대는 언니의 목소리가 더 크게 들렸다. 언니가 남자를 더 많이 좋아하는 것처럼 생각되는 것은 순전히 내 느낌이다. 언니가 남자랑 포개져 있는 것도 봤다. 기다란 전봇대 같은 두 사람이 언제부터 그러고 있었는지 상체를 작 밀착시킨 채 하나로 포개져 있는 것이었다. 두 사람의 포즈는 외설스럽기보다는 한 번 따라해보고 싶은 다정한 연인다운 포즈로는 적격이었다.

가을도 깊었다. 학원 차에서 내려 집으로 오는 길은 넙적넙적한 플라타너스 잎이 거리에 수북했다. 밟으면 바삭 소리를 내며 부서져서 가루가 되거나 흩어졌다. 2학기가 시작되고 학원 시간이 바뀌었다. 평소보다 30분 일찍 나가고 1시간 늦게 마쳤다. 중3이 되려면 이렇게 공부를 많이 해야 한대나 어쨌대나. 학원에 갈 때는 어둠이 내려서 저녁인데 집으로 오는 길은 밤이 꽤 깊어 이슥했다.

그 밤, 나는 충격적인 사건 하나를 목도했다. 모래를 밟고 갈까 그냥 샛길로 갈까 망설이다 침을 뱉어서 침이 기운 쪽으로 가기로 정하고 침을 허공에 대고 탁 뱉었다. 왜 그런 장난기가 발동했는지 모르겠다. 침은 오른쪽으로 각도를 꺾어 사선으로 떨어졌다. 나는 침의 방향에 따라 막연히 놀이터를 가로질러가기 시작했다. 몇 걸음인가 가다가 그 자리에 우뚝 멈춰 섰다. 놀이터에서 여러 번 언니를 보고부터는 놀이터 입구에서부터 침입자처럼 놀이터 안을 살피고는 했는데 그날은 별 생각 없이 그런 장난기가 발동한 거였다.

그네에 누군가 앉아 있었다. 나는 잠깐 내 눈을 의심했다. 나는 처음엔 언니인 줄 알았다. 느슨한 퍼머 머리를 꼬아올려 머리 천장쯤에서 꽂은 눈에 익은 집게 핀. 올이 굵은 털실로 짠 황토색 카디건과 검정 면 목도리의 익숙함은 언니가 아닌 엄마의 뒷모습이 분명했고 엄마 옆의 남자는 낯설었다. 가로등 불빛이 희미하게 풀어져 있어서 상대를 정확히 분간하기는 어려웠지만 남자인 것만은 확실했다. 남자의 머리통은 상고단발 길이의 퍼머가 풀려서 언뜻 여자처럼 보일 뻔했다. 두 사람은 내가 걸어가는 방향에서 뒷모습을 보이고 앉아 있었다. 이를테면 그네에 앉아 있는 사람의 뒤를 향해 내가 걸어가는 식이었다. 나는 미끄럼틀 옆에 서서 꼼짝할 수가 없었다. 가자니 그네를 향해 다가가야 하고 오자니 혹시 소리가 나 뒤돌아볼 것 같고 그런 식이었다. 내 머릿속은 순간적으로 팟하며 전류에 감전되듯 수첩의 메모가 떠올랐다. 나는 무작정 미끄럼틀의 계단 밑에 주저앉아버렸다.

두 사람은 언제부터 그러고 있었는지 분위기는 사뭇 긴장감이 흐르고 있었다. 오랫동안 그러고 있었던 모양이었다. 시간이 너무 길게 느껴졌고 나는 점점 질려가고 있었다. 그렇지만 이러지도 저러지도 못하고 앉아 있는 일밖에는 달리 어쩔 도리가 없었다. 나는 적개심을 가지고 오래오래 그들을 지켜보았다. 내친김이었고 이 상황에서는 누구라도 그럴 수밖에 없었을 것이다. 엄마의 '그'로구나. 막연함이 구체적으로 드러나는 순간이란 사실 별게 아닐지도 모른다. 나는 앉아서 뭐 그런 생각을 했다. 침묵은 계속되고 무작정 밤은 흘러가고 있었다.

"어떻게 할 거지?"

순간 남자의 음성이 터져나오며 갑자기 남자가 엄마의 귓불쯤에 손을 올렸으므로 흠칫 놀란 사람은 나였다. 엄마의 목소리가 애잔했다.

"다그치지 마. 나도 모르겠어. 그냥 이렇게 만나면 되지 않어? 아냐. 기다릴게……, 그게 낫겠어. 그렇게 해……."

애잔한 목소리가 남자의 손을 잡아 자신의 무릎에 올렸다.

"그게…… 그럴 수 없는 게……. 애들은 다 컸잖어. 3년만 있다 오면 된다니까. 3년 잠깐이잖어."

남자의 음성은 아기를 다독이는 듯한 부드러움이 느껴졌고 얼마든지 상대를 이해하겠다는 관용과 너그러움으로 가득 차 있었다. 엄마와 남자는 서로를 달래고 있다. 나는 느낄 수 있었다.

"널 다시 만난 건 운이 좋았어. 이젠 한시라도 같이 있지 않으면 영영 내 곁에서 멀어져버릴 것 같아. 불안해 미치겠다구."

"……."

"니가 필요하고……, 니…… 없으면……."

남자가 갑자기 버벅댄다.

"그게 그러니까……."

엄마의 말이 끊긴다. 엄마가 흑 하고 운다. 엄마의 몸이 남자에게로 기울고 그네가 기우뚱 남자 쪽으로 기울어진다. 엄마가 중심을 잃더니 앞으로 고꾸라진다. 엄마의 스커트자락이 모래밭을 덮고 엄마의 손이 모래 속에 박힌다. 엄마는 그 자리에서 꼼짝도 안 한다. 남자가 일어나 엄마를 일으켜 세운다. 엄마가 다시 그네에 앉혀지고 남자가 엄마 뒤로 돌아가 엄마를 안는다.

*

언니가 집에 들어오지 않는 날이 꽤 여러 날 되었다. 가출이 길어진다는 건 안 좋은 조짐이 틀림없다는 건 유치원생도 안다. 사실 언니의 가출은 이번이 두 번째다. 그러니까 작년에도 이런 일이 한 번 있었다. 그때 언니는 집을 나간 지 석달 만에 돌아왔다. 너무나 말짱한 얼굴로 잠깐 외출했다 들어온 표정을 하고 언니가 집에 들어왔기 때문에 기가 질린 쪽은 오히려 엄마였다. 언니는 말갛고 생기발랄한 얼굴로 엄마에게 말했기 때문에 언니가 나가 있는 석달 간이 갑자기 어딘가로 증발해버린 듯한 기분이 들었었다. 모델을 하기 위해서였다고, 서울 가서 오디션 보고 학원 다니고 그랬다고. 그리고 뭐라 뭐라 쫑알거렸고 엄마와 언니는 한동안 싸우다가 다시 잠잠해졌다. 나는 언니가 집을 나간 게 내 탓이라도 되는 양 편치 않다. 나는 눈치꾸러기 아이처럼 엄마 눈치 보기에 급급해졌다. 엄마는 성이 나서 그러는지 들어오기만 해봐라 가만두나 하면서도 크게 상심해하거나 노여워하지는 않는 눈치다.

엄마와 둘이서만 밥을 먹는다. 식탁에는 일순 냉기가 돌다가 반찬 그릇들을 빙 돌아 뒤 베란다로 빠져나간다. 나는 엄마 눈치를 본다. 뭔가를 물어보려 입을 떼다가 만다. 다 큰 내가 어떻게 엄마에게 '그'를 물어볼 수 있겠는가. 애도 아닌데. 알 것 다 아는 십대인데. 나도 이젠 포옹이나 자는 것쯤은 구별하는 십대 중반인데 말이다. '그'를 따라 어디든 가라고 말할 수 있겠는가. 엄마가 갈까봐 무서운데 그런 말도 안 되는 반대소리를 할 수 있겠는가. 엄마가 숟가락으로 밥을 뜨며 빤히 나를 본다.

"왜 그러고 있니, 밥 안 먹고. 내 얼굴에 뭐 묻었어?" 한다.

그러더니 한숨을 폭 내쉬며.

"언니 너한테 뭐 따로 말한 거 없디?"

"뭐? 없어."

김치찌개를 뒤적거려 돼지고기 한 점을 막 집으려다가 나는 생뚱하고 단호하게 대꾸한다. 그러고는 끝이다. 언니가 없다는 것 외엔 외견상 달라진 건 아무 것도 없다. 엄마와 나는 둘 다 너무나 태연히 밥을 먹고 테레비를 보고 잠을 자고 각자 할 일을 해나간다. 언니는 어디서 잠을 잘까. 패션모델의 꿈을 간직하고는 있는 걸까. 예측불허긴 하지만 나는 이번 언니의 가출은 지난 번처럼 모델을 하기 위해 집을 나갔다는 생각이 들지 않는다. 언니가 집으로 돌아오는 시간이 오래 걸릴 것이라는 불길하고 불확실한 예감에 빠져든다. 나는 언니가 모델의 꿈을 잃지 않았으면 좋겠다고 생각한다.

나는 밤의 놀이터를 지나온다. 밤의 놀이터엔 아무도 없다. 놀이터를 가로질러오는 짓은 이제 안 한다. 놀이터를 가로지르는 것은 황량한 바람뿐이다. 바람이 불 때마다 철제빔 사이로 바람이 빠져나가 그네에 닿고, 그네가 쟁강거리고 낙엽이 모래 위를 화다닥 굴러간다. 새삼스럽게 정서불안이 도지는지 영양결핍증 환자처럼 자꾸만 속이 헛헛하다.

시간만 나면 냉장고를 뒤져 먹을 걸 찾는다. 먹어도 먹어도 배는 부르지 않고 여전히 속은 허전하다. 콜라나 아이스크림 같은 단 음료를 먹고 나면 자꾸 자꾸 목이 마르는 것처럼 채워지지 않는 갈증을 느낀다. 모든 게 시들해지고 어쩐지 생이 쓸쓸하다는 예감은 얼음조각을 손에 움켜쥔 것처럼 나를 떨게 한다. 중학교에 들어가자마자 침대 패드에 남겼던 생리혈만큼이나 나는 요즘 불안하고 좌불안석이다. 겨울을 예고하는 찬바람이 휘익 내 스커트 자락을 휘감고는 달아난다. 수증기처럼 부연 가로등 빛이 무기력하게 밤의 놀이터를 비추고 있다.

건조한 현실과 뜨거운 낭만, 그 사이

— 조화진의 소설집 『풍선을 불어봐』

오홍진/ 문학평론가

조화진의 소설에는 고백체의 진술에 익숙한 인물들이 많이 등장한다. 무언가를 고백하는 존재가 펼쳐내는 이야기는 그 밑바탕에 그 고백의 내용을 이해하는(혹은 이해해줄 거라고 믿는) 또 다른 존재를 상정하고 있다. 고백하고 싶다고 고백할 수 있는 것은 아니다. 고백은 고백하는 주체와 그 고백을 듣는-이해하는 대상의 결합을 통해서만 가능하다. 고백하는 주체는 '고백'이라는 양식으로 타자, 곧 자신의 밖으로 나아가는 길을 모색한다. 고백은 자신의 내면을 내보이는 열린 주체를 상정하고 있는바, 조화진 소설에 두루두루 나타나는 고백체 형식은 이런 점에서 소설 주체로 하여금 타자의 진정성과 만나게 하는 틀로 작용한다고 보면 좋을 것이다.

중편소설 「실비아와 소윤」을 먼저 보도록 하자. 실비아와 소윤은 같은 사람의 다른 이름이다. 소윤은 2살 때 프랑스 가정에 입양됐는데, 소윤의 프랑스 이름이 '실비아'인 것이다. 이 소설은 주인공인 소윤=실비아의 내면과 생모인 '당신'의 내면을 교차하며 서술하는 방식을 취하고 있다. 작가는 두 인물의 내면을 교차적으로 드러냄으로써 인물들이 처한 상황의 진실에 시나브로 접근하는 방식을 취하고 있는 것이다. 그런데 '나의 독백'이라는 부제에 나타나는바 그대로, 소윤이 1인칭 고백의 형식을 취하고 있다면, '당신'은 2인칭 고백의 형식을 취하고 있다는 점이 특이하다. 1인칭 고백의 형식이 주인공 '나'의 내면을 정확하고 섬세하게 드러내는 방식이라는 점은 말할 필요가 없겠지만, 소윤의 생모인 '당신'의 내면을 그려내는 과정에서 작가는 왜 2인칭 당신의 고백이라는 또 다른 방법을 사용하는 있는 것일까?

① 내 이름은 실비아, 프랑스인입니다.

그 이전의 이름은 소윤입니다. '소윤' 하고 입 속에서 되뇌면 마치 속삭이듯이 아련하고 정감있고 가만가만한 이름, 입술을 둥글게 내밀고 입술 사이에서 바람소리를 내며 혀를 밀고 나오는 이름, 소윤, 하고 불렀을……. 누군가의 얼굴이 떠오릅니다. 떠오르지만 아득하고 막막하고 생경하고 끝내는 벙벙해져서 곧 흩어져버립니다. 물 속의 어른거림, 바람 속의 소용돌이처럼요. 크고 둥글고 다정하고 환한 누군가의 얼굴이……. 내 볼에 비비며 수도 없이 입술을 댔을……. 누군가의 얼굴이……. 나를 닮았을 어떤 여자의 얼굴이……. 종내는 커다랗게 흩어져버리고 마는.

② 당신은 암에 걸렸다. 이상하고 수상한 징조는 있었다. 속이 쓰리고 신물이 올라왔다. 당신은 무시했다. 당신이 일생을 살아오는 동안 당신이

> 저질렀을 자잘하고 많은 죄목. 아무 데나 휴지를 버리고 침을 뱉듯 쉽게 잊힌 죄목, 괴로워하지 않고 마치 누구나 그렇다고 당연시하고 넘어갔던, 침을 뱉고 휴지 버리는 죄목 같은 것은 아닌……. 실은 아이를 버린 죄인이다, 당신은.

인용문 ①은 "크고 둥글고 다정하고 환한 누군가의 얼굴"을 떠올리고 있는 소윤의 내면이 잘 나타난 부분이다. 소윤의 이야기는 1인칭 '나'의 시점으로 전개되고 있으므로 독자는 그만큼 소윤이 전하는 세계 속으로 깊이 빠져 들어간다. 한국인으로 태어났지만 프랑스인 '실비아'로 살아가야 하는 소윤의 정황을 1인칭 시점으로 표현함으로써 작가는 독자들을 소윤과 동일시된 세계로 끌어들이고 있는 것이다. 하지만 인용문 ②에서 표현되는 '당신의 고백'은 2인칭 당신의 내면을 서술자가 전달하는 형식을 취하고 있다. 당신 뒤에 숨은 서술자는 당신이 처한 상황을 '객관적으로' 드러내고 있는데, 독자들 또한 그에 맞춰 당신이 내보이는 심리적 추이를 따라가고 있다.

소윤은 자신의 목소리로 자신의 이야기를 전달하고 있지만, 당신의 목소리는 애초부터 당신을 이해하는 서술자의 목소리를 통해 독자들에게 전달되고 있다. 그리하여 두 인물을 향한 독자들의 관심사는 다르게 표출될 수밖에 없다. 이를테면 소윤은 프랑스 가정에 입양된 이후의 삶을 비교적 담담한 어조로 표현하고 있다. 자신의 의사와는 상관없이 이루어진 일이므로 소윤은 '실비아'라는 이름으로 산 삶을 주저없이 고백하고 있다. 돌려 말하면 소윤은 버림을 받은 존재이기 때문에 '죄의식'이 들어설 마음의 공간이 부재하다. 하지만 소윤의 입양과 관련하여 진술되는 당신의 고백은 죄의식이라는 문제와 항상 결부되고 있다. 인용문 ②에 드러나듯, 그녀는 자신의 몸에 생긴 암덩어리조차도 죄의식의 관점에서 바라보고 있다. 작가가 당신의 고백을 2인칭이 아니라 1인칭 시점으로 서술하는 이유는 여기에 있다. 당신의 고백이 1인칭, 즉 '나'의 관점으로 서술될 경우 이 소설은 당신의 죄의식이 소설의 전면에 드러나는 형태로 서술될 수밖에 없다. 의식의 과잉이 일어날 수 있다는 말이다. 작가는 당신의 고백을 2인칭의 형식으로 서술함으로써 이러한 의식의 과잉이 일어날 수 있는 여지를 애초부터 봉쇄하고 있다.

각 인물들의 고백적 말하기 방식에 나타난 이러한 차이는 소설 속 사건을 바라보는 작가의 관점 차이와 긴밀하게 이어져 있다. 작가는 철저한 계산으로 인물의 시점을 선택하고, 그에 따라 사건을 연계적으로 서술하고 있다. 소윤의 경우를 예로 든다면, 작가는 우선 프랑스에서의 소윤의 삶이 "근원을 알 수 없는 장소"를 향한 그리움과 접맥되어 있음을 강조한다. 근원을 알 수 없는 마음은 근원을 알고 싶은 마음의 다른 표현이라는 점에서, 이야기는 당연히 소윤이 "나와 비슷한 종족들, 나와 사촌쯤 되는 많이 닮은 듯한 외모에서" 환희를 느끼는 상황으로 이어진다. 인도라는 낯선 공간에서 소윤은 자신의 외모와 닮은 듯한 인도인을 보며 안도한다. 한국의 엄마를 찾아가는 과정의 한 단계로서 펼쳐지는 인도 여행은 소윤의 내면을 지배하고 있는 것이 무엇인지를 새삼 알려주고 있다. 소윤은 외면적으로 한국행을 철저히 거부하고 있지만, 내면적으로는 간절하게 한국행, 다시 말해 자신의 생명이 시작된 근원

적 장소로 들어가려는 열망에 들떠 있다.

그런데, 소윤의 생모인 '당신'이 펼쳐내는 고백의 형식은 소윤을 만난바로 그 시점에서부터 시작된다. 소윤이 한국에 머문 보름 동안, 그녀는 소윤과 다섯 번 만났다. "당신은 소윤의 성격, 생각, 사고방식, 비롯 아무 것도 아는 게 없다. 단지 소윤이라고 하니 소윤이라고 믿는다. 당신이 서러운 건 바로 그것이었다"라는 부분에 드러나듯, 당신은 소윤과 만남으로써 비로소 고백을 시작한다. 물론 당신의 고백은 앞서 이야기했듯 서술자를 통해 객관화되는 과정을 거치고 있다. 당신이 현재에서 과거로 거슬러 올라가며 고백의 길을 걷고 있다면, 소윤은 어린 시절의 기억으로부터 차근차근 되짚어가며 현재의 시점으로 들어온다. 두 고백의 주체들은 이렇게 다른 시간대에서 출발하여 결국은 현재의 시점에서 만난다.

중요한 것은 이러한 고백의 형식을 통해 작가가 우리에게 말하려는 바가 무엇인가 하는 점에 있다. 소윤과 당신의 만남이라는 중심 사건을 서술하기 위해 작가는 치밀한 방식으로 두 사람이 살아온 내력을 재구성하고 있다. 소윤은 어린 시절 프랑스에서 친구 로잘리를 만났고, 성장해서는 남편이 된 다니엘을 만났다. 그녀는 다니엘의 권유로 한국에 와 생모인 당신과 만나 자신의 근원을 비로소 알 수 있었다. 당신 또한 이십대에 소윤의 생부를 만나 사랑을 했지만 소윤을 임신하고는 이내 헤어졌다. 남자가 아이를 원하지 않았던 것이다. 이후 친언니의 권유로 소윤을 입양 보냈고, 현재의 남편을 만나 두 아이를 낳고 큰 걱정 없이 살아왔다. 소윤은 소윤대로 제 삶을 살았고, 당신은 당신대로 제 삶을 살아왔다. 그리고 두 사람은 한국에서 40년이라는 시간을 건너뛰고 다시 만났다. 어찌 보면 단순한 이 이야기를 하기 위해 작가는 200자 원고지 수백 장 분량의 소설을 쓴 것일까?

① 다니엘과 결혼하고, 나는 내가 태어나서 처음으로 두려운 마음 없이 안정된 마음을 갖고 생활하게 됐다는 걸 깨닫게 된 때였던 것 같습니다. 나는 어디를 가든지 무엇을 하든지 마음속 잦아들지 않은 바람소리 같은 건 먼 과거처럼 까맣게 잊고 지냈으니까요.

② "한숨 푹 자."

남편이 말했다. 당신 머릿속에 온통 꽉 찬 소윤이 수술하기 전에 무척이나 보고 싶었다. 소윤은 너무 멀리 있다. 당신은 수술을 잘 이겨내고 건강해지면 남편에게 소윤의 존재를 알리고 소윤이 있는 프랑스에 다녀오면 좋을 것이라고 생각하며 잠을 청했다. 남편은 당신이 자는 동안 당신 곁을 지키고 있었다.

다니엘과 결혼한 후 소윤은 처음으로 안정된 마음을 지니고 생활하게 된다. 소윤의 한국행은 다니엘과의 결혼으로 하여 생긴 안정된 마음의 결과인바, 조화진 소설은 무엇보다 인물들의 이러한 마음의 문제에 주목하여 이야기를 전개하는 특징을 내보이고 있다. 인용문 ②에도 안정을 향한 당신의 열망이 뚜렷이 부각되고 있는데, "남편은 당신이 자는 동안 당신 곁을 지키고 있었다"라는 이 소설의 마지막 진술은 작가가 지향하는 소설 세계를 함축적으로 보여준다고 봐도 좋을 것이다. 돌려 말하면 우리는 「실비아와 소윤」이라는 작품을 단순히 '입양아'의 문제를 다룬 작품으로 한정하여 해석해서는 안 된다. 작가는 소윤-실비아와 당신의 인생사를 통해 우리들의 내면을 지배하는 관계의 문제에 천착해 들어간다. 관계는 타인을 전제로 해야만 성립할 수 있다. 자기와의 관계도 가능하겠지만, 작가는 타자와 관계 맺는 인물들의 심리를 세심하게 묘사함으로써 그만의 '독특한' 소설 세계를 구축하려고 한다. 이번 소설집에 실린 작품들의 전체적인 흐름을 살펴보더라도, 작가는 지금 내 곁에 있는 '이 사람'의 현존에 무엇보다 주목하고 있다. 그것은 달리 말하면 '이 사람'의 현존을 대하는 중심인물의 마음가짐에 작가의 촉각이 세심하게 반응하고 있다는 것으로 표현할 수 있다.

또 한 편의 중편소설인 「명랑한 인생」에서 작가는 "조용하고 평화롭고 안락하고 명랑한 인생"을 꿈꾸는 정과 노, 두 인물의 삶에 주목하고 있다. 정과 노는 사귄 지 일 년 만에 결혼했다. 정은 "청춘과 굿바이 하고 조용히 나이 들어가"고 싶어 노와 결혼을 했고, 노는 "웃을 때면 인중이 들어 올려져 살짝 바람기가 있게 생긴 점 말고는 대체로 무난한 편"인 정이 마음에 들어 그와 결혼을 했다. 두 사람 사이에 청춘의 열렬한 사랑이 있어 결혼한 것은 아니라는 말이다. 그렇다면 이들의 일상, 곧 결혼생활은 어떻게 흘러갈까? 정이 서른여섯, 노가 서른셋이었으니 당연히 아이를 먼저 낳으려고 했을 것이다. 결혼은 어차피 제도가 아니던가. 제도를 인정할 바에는 철저하게 제도 속으로 들어가 삶을 사는 게 편하다. 예정대로 노는 임신을 한다. 순탄한 결혼생활이다. 하지만 인생이 이리 순탄하면 이야기가 될 수 없다. 임신 삼 개월째 되던 어느 날 노는 유산을 한다. 계류유산이다. 이 사건으로 하여 두 사람의 결혼생활은 시련기에 접어든다. 충격을 받은 노는 자주 히스테리를 부리고, 히스테리가 가신 다음에는 심각한 우울증에 빠지고 만다. 정이 이런 아내에게 무엇을 해줄 수 있을까? 결국은 시간이 해결사로 나설 수밖에 없다. 이렇게 결혼생활 7년이 흐른다. 겉으로 보면 두 사람 사이에 변한 건 없다. 말 그대로 "조용하고 평범한 생활이 이어졌다. 물처럼 밍밍하고 평화처럼 단조로운 생활"이었다. 그렇다고 정과 노가 이 생활에 만족하고 있는 것은 아니다. 노가 꿈꾸는 결혼생활은 칼 라르손의 그림을 바라보는 노의 관점에 분명히 나타나듯 정과의 일상에서는 결코 실현될 수 없는 꿈과 같은 일이다.

노는 그림 속으로 들어간다. 들어가자마자 노는 그 속이 평소에 동경하던 세계임을 알았다. 그림 속의 질료는 말랑하고 몽글하고 촉감이 좋고 동시에 환한 빛으로 이루어져 있다. 여기저기 꽃이 많이 피어 있고 모든 배경은 봄날처럼 포근하고 부드러운 바람이 살랑거릴 것 같다. 아이들의 머리는 느슨하게 묶이거나 곱슬머리가 흘러내리고 눈은 크고 속눈썹은 짙다. 여자아이는 레이스가 달린 원피스를 입고 남자아이는 반바지에 헐렁한 셔츠 차림이다. 집안 어디에나 꽃병에 꽃이 꽂혀 있다. 그들은 마주보며 웃으며 담소하고 어딘가를 응시한다. 서로를 향하여 미소 짓고 화합하며 식사 중이거나 담소하는 시간이다. 그림은 현재의 상황처럼 살아 있다. 물감을 손톱으로 살짝 눌러 슥 짓뭉개 밀어버리는 기법으로 그려진 그림은 사실적이다. 행복한 삶의 한순간은 지나가며 흩어지지 않고 영원히 계속된다는 암시로 보인다. 일상적이며 동시에 몽환적이고 그림 속에 살아 있는 듯한 착각 속에 빠져든다. 노는 오래오래 그림을 들여다본다. 이제 노의 세계는 네 개의 벽 속에 갇혀진 듯 보인다.

노의 방 한 쪽 벽에는 칼 라르손의 그림이 걸려 있다. "그림 속은 가장 따뜻한 색으로 채워져 있다"라는 진술처럼 노는 지금 무엇보다 가장 따뜻한 색으로 칠해진 생활을 원한다. 구체적으로 그것은 "서로를 향하여 미소 짓고 화합하며 식사 중이거나 담소하는 시간"으로 표현된다. 일상적인 동시에 몽환적인 이 그림 속 세계에 빠져든 채 노는 자신에게 주어진 시간을 보낸다. 노가 그림 속의 세계에서 이런 '희망 아닌 희망'을 찾아 결혼생활의 단조로움을 견뎠다면, 정은 어떻게 결혼생활의 단조로움을 견뎠을까? 설거지를 하는 노의 뒷모습에서 정은 "규범에 억눌린 생을 살아온 여자의 쓸쓸함"을 읽는다. 연민이다. 하지만 정은 그 이상으로 나아가지 않는다. 연민은 연민일 뿐이다. 연민이라는 정서를 느낀다고 해서, 정 자신이 노의 인생을 책임질 수는 없다는 말이다. 정은 아침이면 출근하고, 저녁이면 퇴근한다. 샤워를 한 후 자기 방(그들은 각 방을 쓴 지 오래 되었다)으로 들어가 잠을 잔다. 오죽하면 샤워를 마친 정이 자기 방으로 들어가는 소리를 들으며 노가 "절벽 같은 소리"를 느낀다고 할까?

이제 두 사람에게는 아주 건조한 일상 이외의 것은 남아 있지 않다.

노는 자기가 그리워하는 세계를 정에게 이야기하지 않고, 정은 정대로 자기만의 생활 방식을 고집한다. 그리고 결국은 일이 터진다. 정이 노와 상의하지 않고 제주도에 있는 회사에 자원한 것이다. 정은 따뜻한 집, 아기에 집착하는 노를 바라보는 게 지겨웠다고 고백한다. 실제 노의 전용이 된 안방에는 흰 레이스커튼이 쳐져 있고 창가에는 아기 침대가 놓여 있다. 칼 라르손의 그림에 나오는 그 풍경을 노는 안방에 그대로 옮겨놓은 것인데, 정은 바로 노가 내보이는 그 집착으로부터 벗어나고 싶어 직장을 제주도로 옮기는 모험을 감수한 셈이다.

> 제주도에 갈 결심을 굳히고 노는 안방의 아기 물건들을 다 버렸다. 차곡차곡 박스에 넣고 스마트폰을 검색해 집에서 가장 가까운 보육원에 택배를 불러 보냈다. 텅 빈 방에 앉아 감상에 젖어들었다. 두 무릎을 포개고 앉아 다 산 노파처럼 행복했던 순간과 해묵은 슬픔과 서글픈 지금의 모습을 뒤엉켜 생각하자 눈물 한 줄기가 노의 뺨을 타고 흘러내렸다. 노는 자신의 긴 청춘이 끝났음을 아프게 받아들였다. 며칠째 치우지 않고 드러누워 지내던 침대에서 일어나 짐정리를 하기 시작했다.

1년여가 지난 후 정의 제안을 받아들인 노는 제주도로 짐을 옮긴다. 그리고 그 전에 안방의 아기 물건들을 모두 정리한다. 스스로 부여잡고 있던 집착의 끈을 드디어 놓은 것이다. "자신의 긴 청춘이 끝났음을 아프게 받아들였다"라는 노의 진술은 제주도로 이주하는 일이 노에게는 새로운 인생의 시작임을 분명히 알려준다. 새로운 인생이란 무엇일까?

새로운 장소에서 새로운 사람들을 만나는 것이다. 이 소설의 2부에서는 노가 새로운 인물들과 만나 벌이는 갈등 상황을 드러내고 있다. 어디서나 갈등은 있게 마련이다. 중요한 것은 그러므로 갈등 자체가 아니다. 누구와, 무엇 때문에 갈등을 겪고 있느냐가 더욱 중요하다. 노는 사택의 아랫집에 사는 김 과장의 부인과 어울린다. 노가 없는 1년 동안 정은 제주도에서 김 과장네 가족과 어울렸다. 그것이 인연이 되어 노도 김 과장 가족과 때때로 자리를 같이하지만, 그녀는 그 속에 섞이는 게 영 어색하기만 하다. 거기에다 김 과장 부인은 정의 직장 동료인 이승희를 자꾸만 정과 연결시킨다. 정이 아웃백에서 이승희를 에스코트 하는 걸 봤다는, 사소하다면 사소한 이 일로 하여 노는 극심한 내면의 갈등을 겪기도 한다.

3인칭 시점으로 서술되는 이 소설에서 작가는 정과 노의 시점을 교차하며 두 사람의 인생사를 세심하게 드러내고 있다. 특이한 것은 정과 노가 마주앉아 대화하는 장면이 이 소설에서는 거의 나타나지 않는다는 점이다. 정은 정대로 자신의 생각을 자신의 방식대로 표현하고 있고, 노는 노대로 자신의 생각을 자신의 방식으로 서술하고 있다. 3인칭 시점이지만 정과 노의 시선으로 이야기가 전개되기 때문에 이 소설 또한 「실비아와 소윤」처럼 (초첨화자가 내보이는) 고백체의 형식으로 인물들의 내면이 드러나고 있다. 작가는 3인칭 서술자의 시선으로 정과 노의 관점을 묶으려고 하지 않는다. 그들의 이야기는 그저 병렬적으로 나열되고 있으며, 중간중간 그들이 그 일을 할 수밖에 없는 내면적인 이유가 제시되고 있을 따름이다.

'명랑한 인생'이라는 제목과는 다르게 진행되는 이 소설의 결말은 "노는 정의 마음과는 상관없이 이 상태로 살아가기로 마음먹었다"라는 진술을 통해 분명히 제시되고 있다. 노는 다시 칼 라르손의 그림에 그려진 따뜻한 가정을 꾸미려 할 것이고, 정은 그런 노의 집착에 치를 떨다가는 이내 연민을 느끼며 자신에게 주어진 삶을 살아가려고 할 것이다. "서둘러 노인이 돼버린 듯한 감정"은 인생을 바라보는 작가의 관점을 에둘러 보여준다. 이를테면, 두 사람은 4인용 테이블의 마주 보는 앞자리가 아니라 크로스로 비껴 앉은 삶을 살고 있다. 그것은 어찌 보면 결혼생활을 유지하는 그들만의 방법일 수도 있다. 서로 보고는 있지만 살짝 비껴 앉아 거리를 두는 것. 작가는 이들의 이러한 삶에 '명랑한 인생'이라는 제목을 붙이고 있다. 이 제목을 과연 아이러니로 봐야 할까? 아니면 이 시대를 살아가는 우리들의 자화상이라고 봐야 할까? 섣불리 대답할 수 없는 이 질문 속에 작가가 이 소설을 통해 내보이려는 문학적 진실이 있는지도 모르겠다.

「명랑한 인생」에 비한다면, 「풍선을 불어봐」라는 작품에는 명랑한 인생을 성취하기 위해 타인에게 자신의 마음을 내보이는 인물의 삶이 잘 드러나 있다. 주인공 '나'가 강이라는 남자를 연인으로 받아들이는 과정을 묘사하고 있는 이 작품은 조화진 소설을 관류하는 관계의 의미가 무엇인지를 정확히 보여주고 있다. "나는 북극곰이 보고 싶었다"라는 '나'의 진술로 이 소설은 시작하지만, 궁극적으로 이 작품은 "노르웨이에 가도 이젠 북극곰 같은 것은 없어"라는 나의 친구 j의 진술에 초점을 맞추고 있다. 노르웨이에도 북극곰이 없다면 나는 어떻게 살아가야 하는 것일까? 조화진의 다른 작품들도 그렇지만, 이 소설의 주인공 '나' 역시 타자에게 받은 상처 때문에 괴로워하고 있다. j의 소개로 만난 박과 나는 결혼까지 했지만, 나는 이내 박이 양성애자라는 사실을 알게 된다. "있는 친구보다는 새로운 친구한테 더 관심을" 갖는 박에게 나는 불편함을 느끼기 시작한다. 남편이 불편하다는 건 더 이상 남편과 더불어 살기 힘들다는 걸 의미한다. "아무튼 이혼함으로써 내 생의 한 페이지는 조용히 다음으로 넘어갔다"라고 주인공은 애써 담담하게 말하고 있지만, 그것은 그녀가 받은 상처가 그만큼 깊다는 것을 에둘러 드러내는 것이기도 할 것이다.

작가는 이렇듯 상처 받은 여성의 맞은편에 수줍어하는 남성상을 배치하고 있다. "내가 남자에게서 기대하는 수줍음"이라는 주인공의 말에 나타나는바, 주인공 '나'는 자기 앞에서 수줍은 미소를 짓고 있는 강에게서 예전에는 느끼지 못한 호감을 갖게 된다. 수술을 받은 나를 위로하기 위해 강은 병문안을 오고, 그는 풍선을 불어 병실 천장에 띄우는 이벤트를 보여준다. 예상하지 못한 일에 나는 기분이 아주 좋아지고, 큰소리로 웃으며 손뼉까지 친다. 이런 내 모습에 강도 놀랐는지 엉거주춤한 몸짓으로 웃음을 지어 보이는데, 바로 그 미소에서 나는 자신이 그토록 원했던 남자의 수줍음을 보게 되는 것이다. 나의 이러한 마음을 사랑이라고 말해도 좋고, 낭만이라고 말해도 좋다. 사랑에 대한 환상일 뿐이라고 말해도 상관없다. 중요한 것은 작가 스스로 주인공 '나'가 강에게서 느끼는 이러한 미묘한 감정을 소설의 중심에 배치하고 있다는 점이다. 돌려 말하면 작가는 강이 내보이는 이 '사소한(?)' 미소가 우리 시대의 삭막함을 덜어낼 수 있는 핵심이라는 걸 애써 강조하고 있다고 하겠다.

「밤의 놀이터」에서도 작가 특유의 이러한 관계의 미학은 그대로 이어진다. 엄마가 달라진 이유가 궁금한 10대 화자의 시선으로 서술되고 있는 이 소설은 남편과 사별하고 옛 연인과 다시 사랑을 시작한 엄마의 삶에 초점이 맞춰져 있다. 서술자는 10대의 '나'이므로 이 소설은 원칙적으로 나의 관점에 철저히 종속되고 있다. 이런 서술자의 한계를 의식해서였겠지만, 작가는 연인을 향한 엄마의 마음을 한 권의 낡은 수첩에 적어 독자들에게 보여주고 있다. 그러니까 이 소설은 10대의 시선과 엄마의 시선이 공존하는 상황을 연출하고 있는데, 이것은 저마다의 시선으로 저마다의 인생을 바라볼 수밖에 없다는 작가의식의 결과이기도 하겠다.

나는 밤의 놀이터에서 우연히 엄마와 한 남자의 밀애를 목격하게 된다. "충격적인 사건 하나"라는 표현에 나타나는바 그대로, 나는 엄마가 그를 따라갈까봐 무서워하는 한편으로, 그런 엄마의 마음을 이해해야 한다는 또 다른 마음 사이에서 끊임없이 갈등하고 있다. 새롭게 시작된 엄마의 사랑을 식탁에서 쉽게 화제로 삼기는 힘들다. 엄마에게는 엄마의 인생이 분명히 있기 때문이다. 하지만 엄마가 사라지면 나는 어떻게 되는 것일까? 작가는 "엄마와 나는 둘 다 너무나 태연히 밥을 먹고 테레비를 보고 잠을 자고 각자 할 일을 해나간다"라고 적고 있다. 달리 무엇을 말하겠는가. 선택은 결국 각자가 할 수밖에 없는 것이다. 조화진의 소설은 이렇게 보면 상당히 건조한 인간관계를 형성하는 인물들에 초점을 맞추고 있는 것도 같다. 어떤 상황에서도 담담함을 잃지 않으려는 인물들의 의지가 그것을 예증하고 있는바, 그럼에도 그 이면에는 이 소설의 나처럼 엄마가 떠나는 걸 두려워하는 '아이'의 마음이 도사리고 있다. 요컨대 그의 소설 속 인물들에게 나타나는 건조함은 타자를 향한 강한 열망을 숨기려는 의도적인 전략일 수도 있다. 그의 인물들은 건조한 현실과 뜨거운 낭만 사이에서 아슬아슬한 줄타기를 하고 있는 듯하다. 건조한 현실에서 뜨거운 낭만을 꿈꾸는 것은 모순일까, 아닐까? 아니, 어쩌면 작가에게는 이런 질문이 우문처럼 들릴지도 모르겠다. 그의 소설 속 등장인물들은 이미 이렇게 모순된 삶을 현실로 살고 있으니까 말이다.

두려워하면서 기대하는 두 삶의 기록

창문 두드리는 빗소리에 잠에서 깨어났다. 마음을 뒤흔드는 요란한 빗소리였다. 아직 밤인가, 새벽이 오고 있는가. 가늠할 수 없는 어둠속에서 찰나적인 두려움이 가시자 감미로움이 밀려들었다. 모르는 이도 잠에서 깨어 이 빗소리를 듣고 있겠지. 무슨 생각을 할까.

이대로 빗소리가 계속되었으면…….

얘기할 누군가가 있었으면 했다. 당연히 상대의 이야기를 들어줄 준비도 되어 있었다. 대부분 엇갈렸다. 맞기는 쉽지 않았다. 아마도 나는 인생을 낭만적으로 보는 시각이 있는 것 같다.

언젠가부터 소설에 대고 말을 하기 시작했다. 상대에게 하소연하듯 주절주절, 쉬지 않고 내리는 비처럼 중얼중얼.

그러니 소설 쓰기는 그 누군가일 것이다.

베일 것 같은 날카로운 문장으로 소설을 쓰리라……. 허나 노트북을 켜고 빈 공간에 타자를 치면 깊은 어둠속에서 계단을 찾듯 매번 헛발을 디딘다. 내가 쓰고자 하는 글은 왜 비켜가는 것일까. 내가 가고자 하는 삶의 방향이 매번 달랐던 것처럼.

인생도 그런 것 같다.

돌아보면 삶은 내가 가고자 하는 방향과 다르게 흘러갔다. 이편의 생은 평범하고 안락하고 큰 변화없이 소소하게 흘러간다. 모두들 바라는 삶이라고 한다. 다른 한편은 불안과 공허, 고독, 결핍, 환멸, 아픔, 혼란 같은 것들이 뒤섞여 헤매는 과정이다. 안락한 삶을 원하지만 모순되게도 불안한 삶도 원한다. 두려워하면서도 기대하기 때문이다. 두 삶은 혼재한다. 이중적인 것이 믹스매치 되어 소설의 재료가 된다.

드라이빙 중 충동적으로 멈춰 섰다. 차들이 쌩쌩 달리는 국도변이다. 식당이 있고 편의점이 있고 카페가 있다. 차를 세우고 카페에 들어간다. 커피를 주문한다. 리필 한다. 시간은 담배연기처럼 흐른다. 나는 그냥 앉아 있다.

카페의 이름은 '오딘'이다. 무슨 뜻일까.

다시 차를 타면 나는 어디로 가야하는 걸까. 나는 여전히 헤맨다.

2016년 가을. 창원에서

조화진

조화진 소설집
풍선을 불어봐

지은이_ 조화진
펴낸이_ 조현석
펴낸곳_ 북인
디자인_ 푸른영토

1판 1쇄_ 2016년 11월 01일
출판등록번호_ 313 - 2004 - 000111
주소_ 121 - 842 서울 마포구 서교동 467 - 4, 301호
전화_ 02 - 323 - 7767
팩스_ 02 - 323 - 7845

ISBN 979-11-87413-06-6 03810

이 책은 한국문화예술위원회와 경상남도, 경남문화예술진흥원으로부터
제작비의 일부를 지원받았습니다.